Calabobos

Calabobos

Luis Mario

RESERVOIR BOOKS

Papel certificado por el Forest Stewardship Council®

Primera edición: marzo de 2025

© 2025, Luis Mario
© 2025, Penguin Random House Grupo Editorial, S.A.U.
Travessera de Gràcia, 47-49. 08021 Barcelona

Penguin Random House Grupo Editorial apoya la protección de la propiedad intelectual. La propiedad intelectual estimula la creatividad, defiende la diversidad en el ámbito de las ideas y el conocimiento, promueve la libre expresión y favorece una cultura viva. Gracias por comprar una edición autorizada de este libro y por respetar las leyes de propiedad intelectual al no reproducir ni distribuir ninguna parte de esta obra por ningún medio sin permiso. Al hacerlo está respaldando a los autores y permitiendo que PRHGE continúe publicando libros para todos los lectores. De conformidad con lo dispuesto en el artículo 67.3 del Real Decreto Ley 24/2021, de 2 de noviembre, PRHGE se reserva expresamente los derechos de reproducción y de uso de esta obra y de todos sus elementos mediante medios de lectura mecánica y otros medios adecuados a tal fin. Diríjase a CEDRO (Centro Español de Derechos Reprográficos, http://www.cedro.org) si necesita reproducir algún fragmento de esta obra.
En caso de necesidad, contacte con: seguridadproductos@penguinrandomhouse.com

Printed in Spain – Impreso en España

ISBN: 978-84-10352-09-4
Depósito legal: B-589-2025

Compuesto en La Nueva Edimac, S. L.

Impreso en Liberdúplex
Sant Llorenç d'Hortons (Barcelona)

RK 52094

*Como diría mi abuela,
a la madre que me parió*

Palabras de una madre que salió por leña:

El mar me la trajo. Se puso todo negro y me la trajo. Me cubrió el mar pa darme una hija. Yo la encontré entre las rocas. Metiduca en una concha de mejillón. Y yo me agaché. Y yo la arranqué de la roca. Y cuando abrí la concha en lugar d'un mejillón pequeñuco y arrugao vi aquel feto pequeñuco y arrugao que era esta cría. Y el mar me dijo «métetelo». Me dijo que me lo metiera pa dentro de mí. Y yo lo cogí despazuco. Lo arranqué de su concha. Y me lo metí. Me lo metí dentro. Y luego una ola me lo metió más adentro. Me lo empujó pa metérmelo a onde se hacen las crías. Y la concha yo la tiré, porque supe que la concha desde ese momento iba a ser yo. Esta pobre criatura, me la trajo el mar. Como a la virgen una paloma. Se la arranqué al mar. Y lloro porque algún día me la arrancará de mí. Lloro porque algún día se la volverá a llevar. Mariuca, mi corazón, desgracia mía. Ya no sé cómo buscar maneras pa quererte.

I
EN EL NORTE LA LLUVIA NO SUENA AL CAER

Y si abrir un paraguas dentro casa da mala suerte, qué suerte va dar estar bajo techo y calao de lluvia hasta los cojones. Puede ser que por esto a esta familia siempre l'acompañó la desgracia. Puede ser que por esto nos caería Mariuca.

    Mariuca.
    Mariuca, la mi pobre.
    Mariuca, que dice mi madre, nació d'un mejillón.
    Mariuca, que dice Nanda La Chona, nació hecha una puta mierda.

Porque Mariuca nació de muchas maneras, y en ninguna acertó. Mira que tardó en aprender a andar, que a los veintiséis meses aún gateaba, que más que gatear s'arrastraba de lao com'un cámbaro y el Viejo decía «esta cría salió pa no andar». Pos el día que se decidió, se puso a andar y lo hizo mal. Aquel día, se levantó y sus piernucas parecían apenas sostenerla como a un ternero recién parido y sus rodillas, juntucas juntucas, metiducas pa dentro y entonces el Viejo ya decía «esta cría salió como el Sapo», que es uno del pueblo que es cojo. Entonces Nanda La Chona le dijo que eso era el «abilismo», que de abilismo se murió su tío. Y el tonto del Viejo la preguntó que qué era eso y Nanda La Chona le vino con la rima «pos un huevo colgando y el otro lo mismo». Y el Viejo quedó ai callao y com'un pánfilo, cullando de la boina gotas de lluvia. Yo sé que alguna vez a mi madre la dijo la doctora de ponerla a Mariuca hierros y cosas así pa corregir el caminar. Pero también sé que mi madre estaba cansada, la mi pobre, y que los hierros eran caros y que había que ir a tomar por culo pa tomarla medidas y… quién la iba a culpar. Por eso Mariuca anda y andó siempre com'un títere mal usao. Por eso también sus zapatucos negros ortopédicos, que chirrían siempre con la goma húmeda, la mi pobre, con esos pantalones de pana que nunca se quita empapaos y amarraos con cuerda verde de pescar y los pañales debajo hinchaos de meao y su jersey roído, lleno de bujeros, que no le cabe ya más mierda. Y sus puñucos cerraos, siempre cerraos. Y sus barbas de mejillón, que nacen en las patillas y que, aunque bien bonitas, cualquier hijoputa las señala. Desde cría que la dicen. Y eso que siendo cría no tenía tantas. Pos aun así el Viejo la decía a mi madre que l'afeitaría esas patillas, por amor de dios, decía, que parecía un hombrón, y mi madre que no s'atrevía y Nanda La Chona que muy segura dijo que no se podían cortar, Nanda La Chona dijo que no se las podían cortar, a la mi pobre, y entonces el tontolaba del Viejo preguntó y por qué no. Y Nanda La Chona lo miró y seria, muy seria le dijo «porque si le cortáis las patillas, andaría arrastrando por el suelo el potorrillo». Y el resto reímos, y tanto que reímos, carcajadas que salpican la pared, reímos pero Mariuca quedó seria. No suele, Mariuca, prestar atención cuando hablamos. Tampoco suele hablar. Siempre calla, siempre en silencio. Es como si Mariuca tendría las orejas llenas de tomates de mar y la garganta llena algas y nunca

—Mama, ¿ónde andabas?
—¿Y tú?
—Salí a percebes.

—Pos menuda traes.

—Y qué quieres.

—Como si no habría otros días pa salir.

Cagonsos, como si habría días mejores. Y como si no sabría ella que días como hoy siempre hay que salir. Siempre.

Porque los más gordos quedan normalmente escondidos bajo el agua, agarraos a las rocas, suba o baje la marea, pa ponerse tibios con to lo que la mar los trae que tanto los sacia. Por esto hay que salir los días como hoy. Días de marea viva. En los que'l mar baja hasta tomar por culo y deja to al aire. Te metes com'una nécora por entre las rocas y entonces te vuelves pa casa con la bolsa llena.

Eso sí.

Que no te vea nadie. Que esto está prohibido. Y si te pillan te meten una de la de dios. Si alguien s'asoma, te escondes detrás d'unas rocas y sigues a lo tuyo. Lo único que tienes que hacer es irte antes de que la mar vuelva a subir y te mate. Fue lo único que no hizo Chanín…

Además, como si ella no

—Tú también traes una guapa…

—¿Yo?

—Sí, tú.

—Salí por leña.

—¿Y la estufa no la pones?

—No.

—¿Por qué?

—Porque la leña está empapada.

—Lo menos cámbiate…

—¿Viste a la cría?

—Que agarras una de cojones…

—¿La viste?

—¿A quién?

—A Mariuca.

—¿A ónde la iba a ver?

–Pos por las rocas.
–Qué va.
–¿Ya es la plea?
–¿Miraste onde Suco?
–No.
–Voy.
–Ya voy yo.

Mariuca, siempre a sus cosas, siempre, desde cría. Con sus puñucos que ya son puños siempre cerraos y a sus cosas. Lo de los puños pasó una tarde en la costa quebrada. Una tarde que Mariuca s'agarró a las rocas que cortan como cagondios pa no caer y se surcó las palmucas de su mano, sendos tajos de carne viva. Y con agua salada, qué dolor. Pasó cuando era cría, hace ya tiempo, pero Mariuca ya nunca volvió a abrir los puñucos, ni siquiera pa comer; y nuestra madre le decía que «cuidao, Mariuca, que de apretar tanto se te clavarán las uñas y ya nunca podrás abrir más las manos». Y yo creo que a Mariuca nunca la importó, porque incluso ahora, ya de mayor, ya de mayores, Mariuca sigue caminando con los puñucos que ya son puños bien cerraos.

Y ya nunca los abre.

Y ya apenas come.

Siempre a sus cosas, Mariuca, camina entre las rocas cuchicheando, buscando mejillones y percebes, percebes y mejillones con sus muñones como los de Mariuca, pero no pa cogerlos, nunca, nunca los coge, esquivando Mariuca la marea y volviendo a casa siempre con menuda caladura; que mi madre teme por ella, porque agarre una del demonio y que la mate como al tío Terio, pero siquiera la dice de cambiarse, cuando en su cuartuco está ella ai sentada y el jersey calao y los zapatucos negros empozaos y el pañal meao y las barbas de mejillón por toda la cara chorreando, que yo sé que piensa, mi madre, ai parada mirándola desde la puerta, que piensa que con Mariuca ya no hay na más que hacer, la mi pobre, que qué se le va hacer a estas alturas ya con ella más que salir a buscarla de cuando en vez, cuando se viene la plea. Y qué va a decir mi madre, si las más de las veces por lo que sea que tuvo que salir pa volver a entrar, está ella en esta cocina guisando vestida con la bata flores y con la misma caladura, la misma poza, com'una sombra, bajo sus pies, una sombra que cuando se mueve no la sigue.

—Pero mama…
—Qué.
—Lo menos agarra el chubasquero.
—¿Pa qué?
Porque llueve, joder…
—Agárralo, hazme'l favor.
Llueve.
Como dice Nanda.
Llueve de lao.
Llueve p'arriba.
Llueve y te cala, te deja empapao.
Llueve y no t'enteras de ca llovido
hasta que yaa parao.

Cuchicheos de mejillón:

Escuchadme criaturas
sordas
escuchadme sin escuchar
antes de que la mar
nos cubra

En el norte la mar
esculpe su autorretrato en las
rocas las rocas cortan las
manos las manos arrancan
percebes y los percebes
tienen un sexo enorme descomunal y los hombres
furtivos
se aferran a las rocas para
chupárselo
se aferran sin saberlo se aferran sin saber que
los percebes
tienen un sexo enorme descomunal y los hombres
se aferran a las rocas para
comérselo
se aferran sin saberlo este hombre se aferra sin saber que los
percebes
no guardan secretos
sin saber que
todo lo que ocurrió
aquel día
unos percebes
me lo contaron

Nuestra casuca es pequeña pequeñuca, siempre llena charcos. Es pequeñuca pero suficiente pa mi madre y pa'l Viejo, pa Mariuca y pa mí. Enfrente casa tenemos el huerto, onde por brotar brotan hasta gorriones, o eso se piensa Mariuca. Y luego to este prao que se ve desde aquí desde la cocina también es nuestro. Este prao que ya me llega hasta las rodillas, porque con esta lluvia crece echando hostias y como si tendría tiempo pa segar. Si cuando tengo un rato tengo que ponerme a cortar lo de Suco pa ganar medio duro. Y además con ese puto dalle que tiene entero oxidao tardo dos días y entonces yaa vuelto a crecer. Este prao… Por este prao recuerdo yo correr el día que se mató Chanín, que mi madre dijo lo de «corre, corre nene y vete, que viene su hermano pa matarte» y yo corrí por este prao porque aquel día ya con una muerte tuvimos bastante. Lo recuerdo porque m'acuerdo que aquel día también estaba lloviendo; aunque esto no sé si será el recuerdo o la costumbre.

Es pequeña nuestra casa y orientada al oeste. En realidad es hacia el este, pero bien se dice que en el norte no existe. No existe el este. Porque por el este sale el sol. Y aquí, el sol, no sale nunca. La verdá es que está orientada pa tos laos. Porque está encima d'un acantilao, desde'l que podemos ver la fábrica. Y las montañas. Del color de la nieve cuando están nevadas y del color de las montañas cuando no. La fábrica, d'un color feo de cojones, del color de la bilis. Algunas montañas, aquí en el norte, están abiertas, con las tripas a la vista. Porque algunos hombres, los muy brutos, las han partido por la mitad pa sacarlas de las entrañas toda la piedra. Más p'allá también se ven praos, d'un verde que la gente que viene de fuera dice que duele. Verde que duele dos veces, dicen. Duele cuando llegan, la primera vez que lo ven, y duele cuando se van, cuando se dan cuenta de que, como este verde, unos campos, ya no los volverán a ver igual. Tos estos praos tan verdes y tan llenos tos de silos negros como mentiras, silos de hierba envueltos en plástico pa que se pudran. Y tan lleno de los putos plumeros. Praos llenos también de casas desperdigadas, como si las habrían sembrao, roídas por el salitre, siempre oxidadas, casucas con los tendales oxidaos y las ventanas podridas, casucas desperdigadas hasta onde alcanza la vista, que primero es la fábrica y luego las montañas y si miras pa'l otro lao, solamente el mar.

 La casuca nuestra está encima d'un acantilao desde'l que también podemos ver el mar, aunque apenas lo miramos. Yo nunca lo miro, más que cuando quiero bajar por percebes y mejillones y entonces sí que lo miro, pero esperando verlo bien lejos. Yo nunca lo miro aunque sí que lo escucho. Cagondios nin, pa no escucharlo. Es escandaloso este mar. Otras gentes dicen que por las noches las gusta, las relaja oír las olas al fondo del sueño. Pero con este mar, si estás cerca, dormir es terrible. Hace un ruido de la hostia. Por las noches, no hay día que no me despierte cagao de miedo por si el mar trepó ya el acantilao p'arrastrarme de la cama pa dentro suyo y matarme. Mi madre yo sé que también lo escucha, el mar. Por eso tampoco lo mira. Y eso que mi güela siempre la decía «tienes que querer al mar, nena, quiérelo», siempre rutando, «que no te puede matar aquello a lo que tú quieres», decía siempre, incluso después de que perdería la cabeza y quedaría como las cabras lo siguió diciendo. «Tienes que querer al mar».

Pero no te sale quererlo.

Nadie lo quiere.

O eso parece.

Porque no han hecho otra cosa más que llenarlo de mierda, siempre, echarle toda la mierda de la bazas y de las barcazas y de la fábrica de jabón. De la fábrica de jabón, tiene cojones la cosa, toda la mierda. «Tienes que querer al mar. No te puede matar aquello a lo que tú quieres». Y sin embargo, a mi güela tampoco nunca la gustó andarse por cerca la costa.

Siempre contaba, mi güela, que de cría un día fue a la playa del ahorcao pa buscar mejillones y fue allí entonces onde conoció al Viejo. «Salí a mejillones y volví con un marido», contaba, «por eso ya no vuelvo, no vaya encontrarme con otro». Desde entonces lo único que hizo pa con el mar era sentarse frente al ventanuco de la cocina, ella seca como la mojama, pa desgranar y desgranar y desgranar alubias secas mientras le cantaba canciones, al mar, le cantaba coplas y algunas marzas le cantaba, la Pasá de Carmona que se canta a onde las montañas cuando las vacas bajan de los pastos más altos le cantaba, mientras desgranaba y desgranaba alubias y no hacía otra cosa más que eso, más que desgranar alubias y cantar canciones. Y no salía de casa nunca, nunca salió, más que pa poner las vainas a secar.

Desgrana que te desgrana alubias por la mañana y por la tarde incluso hasta por la noche; por la noche y por la ventana, el mar ya no se veía, que tan solo s'escuchaba, s'escuchaba el mar y el repicar de las alubias contra el balde de latón, como campanas que tocan a muerto. No salía a la calle, mi güela, no hacía otra cosa en la vida además de cuidar d'una cría y cuidar d'una casa y cuidar del Viejo y como si esto sería poco, la mi pobre. No había otra cosa que la distraería del resto de sus penas, que l'haría olvidar la caladura que llevaba el Viejo y la cría encima; el Viejo calao por salir al huerto pa sembrar y por salir a la bodeguca pa beber y la cría por salir pa comprar las cosas que mi güela la mandaba y pa ir a la escuela, cuando acabó por ir. No había otra cosa en la vida pa mi güela más que desgranar alubias secas y no salió de casa nunca, nunca salió ya, más que pa poner las vainas a secar.

Las vainas había que ponerlas a secar los días de sur. Se ponían unos sacos de los que tienen pa repartir las hostias pa los chones, se partían los sacos y se ponían abiertos ai enfrente la huerta y por encima s'esparcían todas las vainas pa que se podrían secar con el viento. Los días de viento sur, aquí en el norte, son los únicos en los que'l cielo está despejao porque sopla el viento desde qué sé yo ónde y sopla caliente caliente como qué sé yo cómo. Y limpia el cielo. Arrastra to lo gris y lo deja azul como pa no creérselo y en el cielo se puede ver el sol, arriba, bien grande, los únicos días que se deja ver. Lo mucho ocurre esto seis o siete veces al año. Se pone azul claro el cielo y la mar se pone azul clara y el viento sopla como el aliento d'un becerro. Seis o siete veces al año y aunque parece que estos serían días buenos pa salir al prao pa uno secarse y limpiarse de tanta lluvia, estos días son los peores, estos días nadie sale; nadie debería salir a la calle los días de sur. Porque el viento sur, cagondios, te vuelve loco si te pega mucho.

En el norte el viento sur vuelve a la gente loca.

Pos justamente estos días eran los que mi güela tenía que aprovechar sin falta pa poner todas las vainas verdes a secar, si es que quería tener el resto del año vainas que desgranar y alubias que comer y alubias pa que vendería el Viejo en el mercao. Los únicos días que salía la mi pobre a la calle. Se ponía ai enfrente a esparcir las vainas y se podía tirar horas esparciéndolas, separándolas bien pa que'l viento sur las podría dar por tos laos y ponerlas bien tiesas. Si ni siquiera cantaba, cuando estaba ai fuera los días de sur, eran los únicos momentos que no cantaba na de na. Como pa cantar. Se ponía y se podía tirar horas, que cuando luego entraba de vuelta pa casa pos entraba todavía más seca, más seca que'l potorro de la difunta Ignacia. Mi güela era la única en la casa que lo estaba. Y por esto, por to el viento que la dio, mi güela acabó por volverse loca.

No hay que salir de casa cuando pega el sur.

Como pa no quedarse como las cabras, la mi pobre, seis o siete días al año la vieja ai puesta durante horas pegándola to el viento en la cabeza y sacudiéndosela pa tos laos y el resto del año sin salir ni pa misa. Cagonsos. Como pa no acabar viendo que de las vainas salían dientes.

–¿Y a ti eso nene quién te contó?
–¿El qué?
–Lo de los dientes. Si tú ni habías nacido toavía.
–Pos tú me lo has contao.
–¿Yo? Yo no, nene.

Y tanto que sí, Nanda. Que tú me contaste to esto y si no de qué lo voy a saber yo, si mi madre de su madre nunca la vi hablar. Que mi güela se sentaba todas las mañanas y todas las tardes seca como la mojama frente al ventanuco de la cocina pa desgranar y desgranar alubias y cantar a la mar, eso tú me lo contaste. Que era la única que salía los días de sur pa ponerlas a secar y que por eso quedó com'unas maracas, también. Desgrana que te desgrana alubias hasta que un día, d'una vaina, me dijiste, se puso a desgranar y empezó a desgranar dientes. Y tú me contaste que se puso como loca a gritar al Viejo lo de «que salen dientes, que salen dientes», que no haces tú otra cosa más que repetirlo cada vez que alguien sonríe al hacerse una foto. Y que a partir d'ese día, ella no veía salir de las vainas otra cosa más que dientes, dientes de todas las vainas, pequeñucos algunos como de leche, como de crío, pero otros grandes de hombrón o incluso muy grandes, muelas grandonas com'uñas d'un percebe gordo. Sentada frente al ventanuco, desgrana que te desgrana dientes.

–Pos tú no cuentes eso y que te oiga tu madre, que ya suficiente tuvo.
–Mi madre no está.
–¿Y a ónde anda?
–¿Y por qué lo dices?
–¿Salió a la lonja?

—Salió a buscar a Mariuca.
—Me cagüen la burra Chucho…
—Espérate aquí si quieres.
—Sí, pos m'espero.
—Ya estarán por volver.
—Con la que está cayendo…
—Sí…
—Y tú menuda llevas.
—Ya ves.
—Vas a pillar la de dios.

Cagonsos Nanda, como si no traerías tú la bata chorreando desde la puerta. La cosa es que yo creo que aquello de los dientes pudo ser en parte verdá. Porque esta tierra onde vivimos siempre tuvo algo, siempre lo tuvo y todavía lo tiene. Que hasta no m'extrañaría que lo de los gorriones que Mariuca cuenta llegaría algún día a ser verdá también. Cuando me contó Nanda, aunque diga que no, me dijo que aquello pudo haber sido por la guerra, que por la guerra esta tierra habría quedao viciada. Que los traían por estos praos enfrente casa, antes de matarlos, pero ya con poca vida; era la lluvia, aquí en el norte, la que los hacía parecer no llorar. Ninguno iba uniformao, contaba Nanda, ni los que apuntaban ni los apuntaos, «porque esos hombres, de soldaos, lo único que tenían eran las ganas de matar». Luego bajaban por el sendero hasta la lastra, onde cuando yo era pequeño tiraba piedras mientras Mariuca me miraba. Y entonces allí ellos tiraban hombres, justo después de pegarlos un tiro en la cabeza. Y que la mar, me contó Nanda, que «la mar se traga los cuerpos pero luego escupe los dientes». Y que bajo este acantilao la tierra está hueca; y en la roca entra la mar pa vomitar los dientes y dejarlos bajo tierra. Cagonsos qué asco. Suerte tuve yo de nacer después d'aquellos años, d'aquella guerra, de perderme ese horror que pa mí no son más que historias, historias que siempre cuenta Nanda La Chona y que'l Viejo la dice «calla cagondios, calla». Porque fueron malos esos años, años d'hambre. Suerte que

Nanda La Chona s'arreglaba bien, con la peluquería y las gallinas, suerte que la guerra no hace calvos ni goritas, y que por esto Nanda La Chona hizo tanto tantísimo por mi familia en aquel tiempo. Y así decía de cuando en vez Nanda La Chona, como sigue diciendo ahora, que «si seguimos así, vamos a tener que comer mierda y no va haber mierda pa todos».

Pero sí que es verdá que mi madre no quiere ni oír hablar de lo de los dientes. Ni el Viejo tampoco. Dicen que por no recordar a mi güela en sus últimos años, ida com'un tronco mar adentro, bien dentro suyo, com'una puta cabra. Pero yo creo que no quieren recordar porque aquello de los dientes algo de verdá tuvo, pero s'avergüenzan. Porque esos últimos años que vivió mi güela, en esta casa empezó haber más dinero. Y se cuenta, escuché alguna vez en la bodeguca contar, que en esos tiempos, por el pueblo, s'empezaron a ver a vecinos y a vecinas que durante la guerra se les habían saltao tos los dientes del hambre o d'una hostia, se los empezaron a ver con menos huecos en la boca. Que aparecían d'un día a otro con algún bujero tapao o incluso alguno apareció con una dentadura entera nueva. Y qué sé yo cómo se pondrían los dientes, que algunos contaban que con resina de roble o con sebo de chon. Y aunque to esto no eran más que habladurías que se contaban sin saber, el problema fue que durante esos años en esta casa se hizo el cuarto baño y se levantaron los tabiques pa'l garaje y hasta mi madre empezó a ir a la escuela y por eso la gente andaba diciendo que si lo de los dientes era cosa del Viejo y de mi güela y que si el Viejo sacaría los dientes desenterrando muertos del cementerio cuando s'empozaba, y entonces empezaron a llamarlo lo de «matamuertos» y a mi güela también y a mi madre a decirla lo de que era hija de los «matamuertos» y más d'una vez

—Cagonsos, nene, como te oiga el Viejo te la mamas.

—Que le den por culo al Viejo.

Que más d'una vez todavía nos dijeron incluso a mí o a Mariuca pero yo sé que ya no suelen decirnos a la cara, puede que porque tos fueron igual de culpables por ponerse esos dientes o puede que porque nos dicen otras cosas o puede que porque al Viejo, cuando yo era crío, lo vi más d'una vez darse de hostias con alguno en la bodeguca por todavía decirle alguno lo de los muertos.

−No digas eso de tu güelo.
−¿Por qué, a ver?
−Tu güelo es buen hombre, nene.
−¿Por qué dices?
−¡Trabajador como ninguno!
Y qué tendrá que ver eso, cagonsos.
−¿Y qué tendrá que ver eso?
−¡Pos que a tu güela y a tu madre nunca las faltó de na, nene! ¡De na!

Eso es verdá. Pero luego abrieron la fábrica. Y el Viejo se puso a trabajar de operario, que decían que era mejor que'l campo. Y entonces dejó de sembrar. Y el huerto dejó de dar vainas. Ni vainas con dientes si es que las daba ni vainas con alubias. Y mi güela se quedó sin na que desgranar y ya no desgranaba en las mañanas ni desgranaba en las tardes ni mucho menos desgranaba por las noches, ni mucho menos cantaba. Y que contabas tú, Nanda, que se salía cualquier día como pa poner a secar vainas y que s'agarraba unas caladuras de la virgen, me contabas, que luego andaba moviendo las manos como si desgranaría vainas invisibles y que lo hizo hasta cuando murió, un gesto que no dejó nunca d'hacer, que lo hacía hasta dormida y lo hacía sentaduca a la mesa, frente al ventanuco de la cocina, desde que ya no tuvo na que desgranar. Una vieja, empapada de lluvia, sentada frente a un ventanuco, desgrana que te desgrana el aire. Y en silencio. Que la lluvia de aquí no suena ni cuando da contra las ventanas. Y que hasta se l'acortaron los dedos a la mi pobre, de tanto frotarlos. Pero seguía desgranando, que los tenía siempre con llagas y en carne viva y que entonces contabas que sintió que ya no servía pa na y fue cuando se murió de pena. Y eso que me lo creo yo.

—¡Y eso que fue bien verdá, nene!
—¡Qué hostias!
—¡Tu güela se murió de pena!

Cagondios Nanda. Que no te diré por no decirte, pero que mi güela se murió de pena…, de la pena que la daba las palizas que la pegaba el Viejo. Que en este lugar tan solo se mira de los hombres que trabajarían y si trabajan, ya es to lo que tienen que hacer pa ser buenos. «Que no te puede matar aquello a lo que tú quieres», que se piensan que soy tonto, que se piensan que yo me creo que lo decía por el mar. Y mira que ni siquiera saben que yo lo sé, porque de crío esas cosas no las puedes saber. Y luego tampoco te las cuentan. Y siguen contando que la güela s'echó a dormir la mi pobre una noche, con las manos desgranando el aire, y que d'un ataque de pena, a la mañana siguiente, ya no despertó.

Mis cojones.

—¿Y tú Nanda, crees que lo quería?
—¿Querer de qué?
—Si mi güela quiso al Viejo.
—¿Querer de amor?
—De amor, sí.
—Nene, eran otros tiempos.
—¿Y qué?
—Quererlo era peor.
—¿Por qué?
—¿Por qué el qué?

Dilo, Nanda, dilo cagonsos.

—¿Que por qué era peor querer al marido?

Venga, di lo que estás pensando.

—Y qué sé yo, si yo nunca me casé.
—¿Y por qué dices?
—Yo igual de solterona que te vas a quedar tú, nene.

Será hijaputa. Se ríe. Y al final se quedó sin decirlo.

Por qué era peor querer al marido… Como si no habríamos

hablado de esto otras tantas veces, como si cada vez que cuenta una historia Nanda no la contaría siempre igual, como si no respondería siempre lo mismo. ¿Que por qué era peor que las mujeres querrían al hombre?, le pregunto yo a Nanda cuando me cuenta esta historia y entonces ella calla, calla al principio pa después mirarme con sus ojucos oscuros de cangrejo y pa entonces, siempre responder:

«Porque entonces las dolían más sus golpes».

Pobres mujeres, cagonsos.

Mujeres secas.

Secas como mi güela.

En el pueblo había muchas y haberlas todavía hailas. Pero apenas se las podía ni se las puede ver. Mujeres que acaban locas, por no salir de casa, por salir na más pa tender la ropa, los días de sur, que salen solo los días de sur con toda la colada y las pega to el viento pa sacudirlas las cabezas y dejarlas secas y dejarlas como las cabras. Es menos habitual, pero antes era más fácil verlas a las mis pobres asomadas a los ventanucos de sus casas como idas y más secas y arrugadas que la hostia, locas, por no salir de casa más que pa tender los días de sur, ni siquiera pa ir a misa el resto del año, porque los maridos no las dejaban. A mi güela el Viejo tampoco nunca la dejó salir, más que pa poner las vainas a secar o pa tender. Aunque ella siempre contó que era ella la que no quería salir, que pa ver lo que había que ver mejor se quedaba en casa. Es por to esto también que mi güela nunca abrazó a su hija, mi madre, ni mucho menos al Viejo. Pa que no la mancharían de lluvia.

Tienes que querer al mar.
Y mira que nuestra casuca está encima d'un acantilao desde'l que puedes verlo casi entero al mar.

Pero no te sale quererlo.

Que los últimos días, los que mi güela ya había perdido completamente la cabeza, se le escapó a Nanda contarme que todavía se la podía escuchar rutar, pero que entonces decía bien distinto: «No te sale querer a lo que te puede matar».

Cuando yo salgo a percebes procuro no mirarlo más que de cuando en vez, que lo miro de reojo pero na más pa que me dé tiempo de irme antes que las primeras olas empiecen a trepar. Es violento, el mar aquí, es fuerte como diez hostias. Y a la que te descuidas te viene una ola y te mata contra las rocas. Y si no que se lo digan a Chanín. O t'arrastra pa dentro y te mata también. Por eso es peligroso andarse a percebes. Demasiadas formas de matarte. Por eso mi madre no suele bajar. Y el Viejo tampoco. El Viejo odia bajar entre las rocas. Y mira que su hermano Terio sí que bajaba, venía cada domingo y se bajaba por percebes o por mejillones o por lo que habría. Y por eso tal vez el Viejo lo odia. Porque también odiaba a su hermano Terio.

Na más la fábrica de jabón abrió, muchísima gente que se dedicaba al mar pudo mandarlo por fin a tomar por culo. Ahora en la fábrica apenas queda gente trabajando, que yo no sé ni cómo sigue abierta si está hecha una mierda. Pero entonces no había casa que no tendría un hombre trabajando allí. Y eso que los pagaban una ruina. Pero al menos no tenían el miedo cada mañana de no llegar de vuelta a la noche, de no llegar de vuelta a la costa. Los pagaban una ruina, pero sí que también es verdá que tos los días le regalaban al Viejo muestras de jabón, to hay que decirlo. Y el Viejo, que no le cabía más mierda, que en su puta vida lo vi yo bañarse, que se venía pa casa con la muestra en las manos, que recuerdo yo verlo venir todavía cuando yo era crío, se venía con la muestra de jabón en las manos sin envolver ni na y entonces con la lluvia se le quedaban las manos limpias limpísimas, las manos limpias pero luego él entero lleno mierda. Las manos, cuando le veías en mangas cortas de camisa algún domingo, como guantes limpísimos pero luego los brazos negros como los cojones d'un grillo. De todas formas, yo creo que, más que por el jabón que s'ahorraba de comprar, lo que al Viejo más feliz le hacía de trabajar en la fábrica era que, desde ai dentro, nunca veía el mar. Ya digo que al mar no lo podía ni ver. Lo detestaba, lo quería bien lejos, suficiente tenía con la humedad, decía, lo suficientemente lejos, quería, pa que'l mar no se lo podría llevar. «Cagondios, que la resaca d'este mar es peor que, que qué sé yo», decía siempre, antes, cuando todavía se le podía escuchar. Recuerdo d'una vez que lo dijo que Mariuca parecía atenta, con sus pelos por la caruca y sus barbas de mejillón, parecía escuchar al Viejo. No suele, Mariuca, escuchar, por eso lo recuerdo. Tampoco suele hablar. Menos aún en esos días, que apenas balbuceaba. Y no parece saber de muchas cosas, Mariuca, pero solo porque tampoco suele hablar de muchas cosas. Pero cuando dice, Mariuca, es como los bufones, como los de Ajo, que son unos bujeros en las rocas por onde se mete el mar por abajo y salen chorros de agua salada escupidos a presión, son bujeros que son com'una boca, como las bocas del mar. Qué bonito es ir a Ajo pa verlos soplar, cómo resoplan, com'una yegua arando; salvo cuando la marea está baja y las olas no rompen dentro las rocas. Pos lo mismo con Mariuca. Lo único que las mareas de Mariuca no las rige la luna, que vaya a saber quién las viene a regir. Es por esto que Mariuca a veces escucha y otras veces no y a veces habla y otras veces no, no se trata de cuando quiere o cuando no quiere, sino de algo más impredecible, mucho más. Como la luna y las mareas pero sin luna, con solo mareas, bien dentro suyo y cuando dice, Mariuca, dice cosas bonitas, bonitas de cojones, que suben por la sima que es su garganta como la mar en plea y Mariuca lo escupe, com'un bufón, como los de Ajo, pero en lugar d'un sonido así, com'un bufido, Mariuca escupe pedazucos de mar. Son eso, sus palabras, lo que suele decir, igual de profundas, de violentas, bonitas como el mismísimo mar, son eso, están hechas d'eso, de lo mismo que las olas. «Cagondios, que la resaca d'este mar es peor que, que qué sé yo», dijo el Viejo y entonces com'un bufón, com'uno de Ajo, Mariuca respondió:

«Que la nostalgia», Mariuca, com'un soplido, com'una yegua.

Y el resto callamos, contemplamos, no entendemos; como cuando vamos a Ajo pa ver al mar resoplar.

–La mi pobre…
–Sí…
–Que la dan sopas y sorbe…

Cagonsos, siempre las mismas retahílas, Nanda.

–¿Y ónde andará?
–Y qué sé yo, Nanda.
–Y tu madre por ai…
–Déjala, que así se distrae.
–Menuda la que estará cogiendo.
–¿Viste cómo está la mar?
–Hecha una puta mierda está.

Este mar t'arrastra más que la nostalgia. Porque d'este mar to el mundo parece querer alejarse, bien lejos pero al final, por bello o por burru, siempre t'acaba arrastrando de vuelta. Tiempo después, bien yo recordaría estas palabras, el día que por matarse Chanín me tuve que ir corriendo d'aquí. El día que por creer su hermano que yo lo maté, me tuve que ir hasta Las Machorras.

Cuchicheos de mejillón:

Escuchadme criaturas
sordas
escuchadme porque las
olas —estas olas—
ya se arrastran
hacia mí

En el norte los hombres
se enzarzan
para saltarse los
dientes los hombres
se enzarzan
para sacarse los
ojos los hombres
se enzarzan
para arrancarse las
lenguas dos hombres
se enzarzan
para tocarse
para tocarse dos
hombres se
esconden entre las
rocas

En el norte los
hombres se esconden
para no hacerse daño

A Las Machorras me fui a casa de mi tío Terio, años después de que mi tío Terio moriría. A mi tío Terio sí que le gustaba salir a percebes. Pero mi tío Terio, justamente, tuvo que tirar pa las montañas que, por suerte, aquí en el norte quedan todavía bastante cerca del mar, al menos, suficiente p'alcanzar a verlo y pa que mi tío Terio podría bajar cada semana sin perderse pa meterse a escondidas entre las rocas y ponerse hasta arriba de lo que encontraría.

Terio se fue a vivir a Las Machorras porque cerca del mar no lo dejaron vivir.

Las Machorras se decían porque había dos rocas grandes como montañas en las que no crecía na y, pos como a las ovejas que no se preñan, se las dijo machorras, por no poder dar vida.

Era malo el sentido de la orientación de Terio, pero bien decía que ni falta le hacía seguir la carretera ni sus señales, que le bastaba con seguir al río. Poco más d'una hora le llevaría al principio, que al paso de los años y al paso del asfalto se convirtió en poco menos. «Pa que luego digan que los tiempos no van cada vez más rápidos». Se compró una velosolex, que las traían de Francia y las vendían pa repartir el correo. Y como la gente de los pueblos siempre salía cuando lo oían llegar a lo lejos, por si traía cartas, al final lo hicieron cartero. Por eso Terio andaba tos los días en la velosolex, con la camisa abierta, llovería o sería invierno o otoño o incluso, aquí en el norte, si daría la casualidad de caer algún lunes en verano. Siempre con la camisa, la misma camisa empapada y abierta y abrochada na más por un botón, el d'abajo, y su pecho peludo y cada vez más canoso que se teñía del moreno de Noja, que dice Nanda La Chona que es el de «nojabonarse». Era eso y era el salitre, que tizna más que'l mismísimo sol y la bruma, d'aquí del norte, que abrasa como el ser viejo. Terio conducía su velosolex con la camisa abierta y su piel de buey de mar y eran muchas personas que le decían pa reírse «Terio, ¿no tienes frío?». Y siempre, Terio, siempre contestaba lo mismo: «Si no tendría frío, sería tonto». Y seguía, siquiera se detenía en su recorrido, tal vez aminoraba la velocidad, imagino, con su camisa abierta y su pecho con cerdas canosas como las del chon.

La cosa es que Terio se bajaba tos los días en la velosolex desde las montañas pa repartir el correo por los pueblos o pa bajarse a la costa a escondidas a por percebes. Y fue entonces que conoció a Miliuco, el mi pobre.

Se contaba en su pueblo que Miliuco había perdido un amor hacía años, que s'había ido, lo había dejao, se lo había llevao el mar a Cuba, contaban. Y sin embargo, por muchos que serían los años se decía que Miliuco esperaba sentao y calao y chorreando cada tarde en el banco frente a su casa, frente al camino, por si aquel amor volvía. Muchas personas contaban que si esperaba en el puerto, que si esperaba en la estación; hay muchas historias parecidas, yo creo, una en cada pueblo. Pero la cosa es que d'aquí a no sé onde era difícil, en aquellos años, encontrar una estación de ferrocarril. Y en el puerto ni dios espera con esta humedad.

Esperaba Miliuco en el banco frente su casa y frente la carretera con las barbas chorreando y la boina chorreando y entonces pasaba Terio en su velosolex y Miliuco le preguntaba si le traía correo.

Los primeros días, Terio se paraba pa hablar, pa explicarle que no, que no le traía el correo. Pero cada día siguiente Miliuco lo paraba en el camino y lo preguntaba igual. Era bueno, Terio, era un hombre bueno. A pesar de todo… Uno d'esos de los que aquí en el norte no se puede ser. Y es por to esto que al final, cuando Terio s'enteró de la tragedia de Miliuco, se compadeció. No era una tragedia de las que ocurren y la gente se compadece un tiempo y ya, sino una d'esas tragedias que nunca acaba d'ocurrir. Y la gente no soporta compadecerse d'este tipo de tragedias tanto tiempo. Pero Terio sí. Así que Terio empezó a escribir cartas, d'aquel supuesto amor, y a llevárselas al pobre de Miliuco. Cada quince días o así, Terio se paraba y lo dejaba una carta a Miliuco. Y lo cierto, nadie sabía qué contaba en aquellas cartas, pero la vida pa Miliuco empezó a ser más vida: ya no pasaba las noches en el banco, ni las lluvias, ya no amanecía entero calao y con algas en las axilas ni en las orejas tomates de mar. Pero sucedió que una tarde cualquiera, cuando Terio volvía a su casa en las montañas, Miliuco lo paró y le preguntó, de pronto, que quién había escrito aquellas cartas, a lo que Terio le dijo «yo», arrepentido, con la mirada pa bajo. Y fue entonces que Miliuco le dijo lo de «ya sabía», le dijo, «ya sabía yo». «Porque mi amor murió», le contó, «lo mataron y lo tiraron al mar, que yo lo vi». Y entonces siempre cuentan que'l pobre hombre añadió, lo juran, juran que añadió: «Y las cartas que tú me traes vienen mojadas, sí, pero no están saladas». Y sin embargo desde aquel día Miliuco y mi tío Terio se hicieron buenos amigos, tanto tantísimo que, hasta que murió Terio, Miliuco estuvo viviendo con él en las montañas pa hacerse compañía, y pa ayudarle con cuatro tudancas que mi tío Terio compró en la feria de ganaos con lo que le dieron cuando lo echaron de cartero.

—Calla, nene.
—Qué.
—No sas tonto.
—¿Por qué?

—Que eso no fue así.

—Cagonsos, tú así me contaste.

Y entonces Nanda La Chona calla. Mira pa dentro, ai sentada, la mi pobre, con la bata entera calada y su permanente que ya no lo es chorreando, calla. Calla y aprieta los labios, pa no decir, calla y cuenta lo d'aquella mujer elegantísima en una fiesta de la embajada de no sé qué país que no hablaba, que callaba y no hablaba con nadie hasta que la preguntan «¿y tú por qué no hablas?» y la mujer dice «¿pa qué?, ¿pa cagala?». Y ríe Nanda La Chona por no decir, pero sigue sin hablar. Cagondios, Nanda, pos claro que me contaste así, claro que sí. Pero claro que así no fue. Ni siquiera sabes que

—¿A qué andáis aquí?

—Ay, nena, ¡pero cómo vienes!

—¿No la viste?

—No.

—Pero mama, ¿ónde fuiste a buscarla?

—Pos por onde la playa.

—¿Cuál playa?

Cagonsos, que ya se cuál playa y pa qué pregunto.

—La playa d'arriba.

—¿La del ahorcao?

Nanda, cagondios, cómo la dices.

—Sí…

Cómo la dices a una mujer a la que su marido…

—Y qué va a hacer la cría por ai.

Cagondios…

—Joder, pero por ai claro que no está.

—¿Y no andará por tu casa?

—¿Mariuca?

—Sí.

—Pos tiro pallá, a ver si anda con los caracoles.

—Sí, tira, anda, hazme'l favor.

—Voy.

—Ta luego, Nanda.
—Adiós.
—Mama.
—¿Qué?
—¿Y tú ónde vas ahora?
—Pos a buscarla, por dios.
—Pero espérate…
Pero mira que es cabezona, joder…
—¡Pero agarra el chubasquero, cojones!
Cabezona como Nanda. Mira que todavía oigo a Nanda desde aquí cantar —«no me jodas en el suelo, como si fuera una perra»— mientras tira pa casa —«que con esos cojonazos m'echas en el chichi tierra»— una d'esas canciones que ella siempre canta. La madre que la parió. Y cómo la dices, Nanda, cómo la dices a una mujer a la que'l marido se le mató con una soga, cómo la dices. Y mira que ni siquiera saben que yo sé todas estas cosas, porque de crío esas cosas no las puedes saber y, cuando creces, tampoco te cuentan. Hacen como que lo sabes y entonces un día, quizá un día dicen en la comida «tan tonto como tu padre que» y luego callan, o dicen «luego pasa como con el tío Terio» y no dicen más, te miran, como si no sabrías, como si deberían callarse. Pos claro que me contaste así, Nanda, claro que me contaste. Pero claro que así no fue. Y si por Nanda La Chona sería o por mi madre yo seguiría pensando que mi güela murió de la pena por no desgranar y que Miliuco y Terio andaban juntos por el monte por cuidar de cuatro tudancas. Y si por el Viejo, ni eso. El Viejo calla con estas cosas, igual que siempre pero más callao aún. Siempre calla, cuando s'habla de la güela y más aún cuando s'habla de su hermano Terio, calla apretando la boca, como quien calla cuando se da un golpe en el dedo pequeñuco del pie y entonces calla. Míralo. Sentao en la esquina de la saluca, en una mala silla, se pasa las horas, horas, empapadas las ropas y empapaos los zapatos que hacen pozas debajo el banco y calla, con un cigarro en la boca que no enciende por estar entero húmedo. Un

viejo empapao que calla y fuma un cigarro apagao. El Viejo calla siempre, calla siempre menos cuando se habla de mi padre, que entonces dice «más tonto que mi polla», y luego sigue callando. Ay, señor. Se harían las sorprendidas si sabrían que yo lo sé, pero yo sé que al mismo tiempo esperan que lo sepa. Que esté advertido... Porque to el mundo lo sabe en un pueblo, cagondios nin, y qué querrá ahora.

—¿A ónde está tu madre?
—¿Pa qué la quieres?
—¿A ónde está, cagonsos?
—Acaba de salir.
—Pa qué.
—Por Mariuca.
—Por Mariuca...
—¿Pa qué la quieres?
—¿Y tú sabes si hizo algo?
—¿Algo de qué?
—De comer.
—Algo haría, sí.
—Mierda...
Mierda pa ti.
—¿Y la cría ónde está?
—Y qué sé yo.
—Esta mata a tu madre.
—¿Por qué dices?
—D'una pulmonía o d'una pena.
—Lo mismo es.

Decía que to el mundo sabe estas cosas en un pueblo pero que de crío esas cosas no las puedes saber. Pos entonces yo supongo que'l día que me contó Tano

—¿Viste ónde puso tu madre lo del Carloto?
—Joder. ¿Qué dices ahora?
—Que si viste ónde puso tu madre lo del Carloto, cojones.

—¿El vino?

—Sí.

—Pos supongo que encima la nevera.

—No.

—Pos en el garaje, qué sé yo.

—Qué sabrá la chona cuándo es domingo.

—Cagondios con el vino, qué sincio…

To el mundo sabe estas cosas en un pueblo, pero de crío estas cosas no las puedes saber pos entonces yo pienso que'l día que me contó el hijoputa de Tano, ese día, entonces, fue'l día que me convertí en uno. En un hombre. Mejor así que saltando desde la roca alta. Los putos críos que lo siguen haciendo, pa decirse hombres. Saltando desde lo alto del acantilao cuando la plea, que por poco se matan o se quedan sunormales, pa demostrar el qué. Anda y que los den por culo.

—¿Lo encontraste?

—Sí.

—Pos vale.

—Cagondios, este vino no sabe ni a hostias.

Pos a qué cojones quieres que sepa si no haces otra cosa más que chorrear goterones de tu boina dentro del vaso, con la caladura que llevas, na más será un aguachirri que no te sabrá a otra cosa más que a lluvia.

El día que me contó Tano. El hijoputa de Tano, el nieto de la Pirula, la madre que lo parió, que siempre fue y que lo es más bruto que los de Silió, esos que subieron el burro al campanario. No se m'olvidará lo que me contó porque fue una d'esas cosas que uno no sabe y entonces se da cuenta que es el único, el único del pueblo que no sabe algo que por ser d'uno tanto le incumbe y tanto debería saber, algo que guardan en el pueblo com'un chisme, que pa cualquiera es un saber pero pa uno es un secreto, tiene que serlo. Uno d'esos chismes que las viejas y los viejos nunca s'atreverían a hablar aunque se morirían de ganas y que por eso se lo cuentan a sus críos entre panes de la merienda, pa que los críos lo contarían en su lugar, porque mira que son cabrones. Y así me lo contó el hijoputa Tano, sin ninguna importancia, como quien le decía al otro cabezón, que él me dijo y que yo le dije y qué sé yo quién fue primero, que'l hijoputa recuerdo que dijo que su güela Pirula decía que éramos más pobres que las ratas y entonces yo le dije que si su güela Pirula decía eso era porque andaba como las cabras y que por eso no la dejaban salir de casa y entonces él se m'encabrona, se pone rabioso y va y me dice «pos tú eres un maricón», me dice y yo le digo que él lo es más y entonces me dice «tú eres maricón porque tu tío lo era, que me lo dijo mi güela». Sería hijoputa. Era hijoputa, lo es y lo será. Que'l que lo es de crío en este pueblo, raro es que no lo sea de mayor.

Con solo ocho añucos entonces yo me di de alguna forma cuenta que esa historia de mi tío Terio y Miliuco que me contaba a veces mi madre y a veces Nanda La Chona siempre era mentira. O que en esa historia, como en todas las de los pueblos, era difícil llegar a una única verdá. No son como las historias que se cuentan en los libros, las d'aquí de los pueblos. Que en un pueblo las historias están más vivas que las garduñas. Que como no andes atento, se te cuelan en tu casa y t'acaban jodiendo. Que lo de que eran amigos, que lo de las cuatro tudancas… Y luego entonces seguía pidiendo que me contarían, que me dirían cómo eran las vacas o cuántas vacas tenían y Nanda y mi madre me contaban pero diferente cada vez y entonces yo me daba cuenta que unas veces decían cuatro y otras veces decían siete vacas, y yo me daba cuenta pero yo sin decir na de lo que me contó el hijoputa Tano por vergüenza o qué sé yo, cómo decirla a mi madre que lo sabía, que sabía que mi tío era uno d'esos y que to el pueblo también lo sabía, que lo echaron de cartero

—Pero ¿con quién cojones hablas?

—Y a ti qué hostias te importa.

—Me cagondios nene, me cagondios…

—Cagondios qué trisca.

Cagondios con este hombre, que si es tan pesao igual es por ir to el día empapao. Que es más viejo que la tarara y bien dice Nanda que no se morirá nunca. «¡Pero si en más de noventa años que tiene no sa muerto ni una sola vez! ¡Qué esperas!». Mi tío Terio se fue a vivir a las montañas porque odiaba este pueblo y porque este pueblo l'odiaba a él y porque lo echaron de cartero y qué s'esperaba. Si lo pillaron en la costa entre las rocas enculándose con otro hombre y s'enteró to dios. Eso no puede pasar en este pueblo. Ni lo de encularse, ni mucho menos lo de saberse.

Que mi tío Terio era maricón, vaya.

Bien escuché yo que se fue pa Las Machorras pa que aquí no lo matarían, que con la de burrus que ai alguno se le iba la mano en la bodeguca y lo mataban a hostias. D'echo alguna vez supe yo que lo saltaron algún diente d'un puñetazo, antes de que se iría. Que por eso mi tío Terio siempre estuvo mellao. Luego mi madre me contaba que eso era por viejo, pero yo sé que los bujeros que tenía en la boca, los dientes que le faltaban al mi pobre, no eran por viejo, sino por maricón. Por eso se fue, mi tío Terio. Por no quedar desdentao. Suficiente que bajaba a escondidas alguna vez y m'avisaba pa bajar por percebes cuando yo era crío. Hasta que'l Viejo s'enteró y por poco lo mata, porque en aquellos tiempos se creía que los maricones andaban por ai follándose a los críos, ¡como si serían curas! En aquellos tiempos y ahora, cagonsos. Que antes se perseguía a los maricones pero ahora también. Y si no que le digan al pobre Chanín, lo que sufrió, antes de que se mataría.

Que Chanín na más que era un poco amanerao y no le gustaba jugar al fútbol, pero era buen chaval, joder. Y na más que hizo un día en la escuela d'asomarse pa verle la chorra al Tano en los baños o eso contó el Tano. Y desde entonces a Chanín lo crucificaron. Que lo zurraban de lo lindo y lo llamaban maricón y andaba por el patio to el día más solo que la una, que ni las crías jugaban ya con él más que a veces a la comba o alguna mariconada así. Y luego más de mayores Chanín siguió andando solo menos alguna vez que yo salía con él pero na más pa salir a percebes. Porque el cabrón sí que sabía ónde encontrar los más gordos. S'encaramaba por las rocas com'una nécora con esas patucas que tenía y se metía por los sitios más jodidos que solo Chanín conocía, con su cuerpo com'un alambre se metía y salía con la bolsa llena de los percebes más gordos que yo vi nunca. Es por esto que yo andaba con él a veces, cagonsos. Solo por esto. Pa ir por los mejillones y por los percebes más gordos. Y por esto también me decían a mí. Anda que no me tuve que dar de hostias yo. Antes de que Chanín se mataría pero sobre to después.

Chanín se mató porque no lo tenía miedo al mar. Yo creo que de tantas hostias que lo dieron, no le importaban las que las olas le podrían dar. Y por eso siempre apuraba mucho, se quedaba hasta que la marea ya se l'había echao prácticamente encima, arrancando y arrancando percebes aunque tendría que hacerlo desde debajo el agua.

Y así acabó.

Que d'una hostia una ola lo empujó contra una roca y se dio justamente en la cabeza y se mató.

Y suerte que andaba yo por ai p'agarrarlo, pa que'l mar no se lo llevaría pa dentro, que vete tú a saber si lo habría devuelto. Suerte que yo andé atento. Pa que luego venga el hijoputa de Tano y diga que yo lo empujé, cagondios, que yo empujé a Chanín dice y dijo que él lo vio to desde onde Suco. Y una polla. Pero si desde onde Suco es imposible ver las rocas onde estábamos nosotros. Las rocas onde se mató Chanín no se ven desde onde Suco. Que diga Tano lo que le salga de los cojones, puto mentiroso. Que to lo que anda diciendo por ai no son más que mentiras, el hijoputa.

Que mi tío era maricón pero yo no, digan lo que digan. Que yo la chorra no se la quiero ver a nadie, cagondios. Y que a Chanín lo empujó una ola, no yo. Y vale ya de Chanín, cagonsos, como si no tendría más cosas que contar. Como que a mi tío Terio al final lo acabó por matar la humedad. Un miércoles. Se lo encontraron empapao y muerto y muy frío, en su casa de Las Machorras, como d'haber muerto en mangas de camisa. Pero esto fue siempre un secreto. Nadie quiere una muerte de las que'n lugar de lamentarse por ti, ya difunto y fácil de lamentar, la gente te culpe; una de esas de «pos qué esperaba el tarugo, yendo to el día en camisa». Miliuco no fue al cementerio el día del intierro de Terio. El cementerio está ahora cambiao, en otro sitio. Pero antes s'empozaba entero cuando llovía. Miliuco no fue al cementerio el día del intierro de Terio pero a la mañana siguiente vino a casa, contaba Nanda, y la dejó a mi madre todas las cartas aún mojadas. Luego salió de casa y se tiró al mar.

El mar nunca escupió sus dientes.
Porque a Miliuco ya no le quedaban.

De todas formas, esto de Terio y de Miliuco s'olvidó rápido, en la familia y en el pueblo. Se olvidó tal y como s'olvidan las cosas en un pueblo y en una familia. Que no es más que con la venida de la siguiente pena que lamentar: años más tarde, mi padre se mató al intentar ahorcarse.

Mi padre era el tonto del pueblo. O eso cuentan, cuando piensan que no los escucho.
 También lo dice el Viejo.
 Mi padre trabajaba también en la fábrica de jabón, que fue por esto que conoció a mi madre. Porque en la casa no alcanzaba casi pa comer con lo que traía el Viejo, por eso, y por vivir cerca de la fábrica, mi madre s'encargaba, desde bien cría, desde después de que moriría mi güela, de preparar camas p'hacer d'esta casa una casa de huéspedes. Preparaba las camas y secaba las sábanas a soplidos, por no salir los días de sur y acabar loca como su madre; secaba las sábanas a soplidos porque siempre acababan empapadas de que tos los huéspedes venían siempre calaos hasta los huevos. Y preparaba las cenas. Y los desayunos. Y to esto aun todavía cuando anda-

ba yendo a la escuela. Mi padre, que era de a tomar por culo y había llegao al norte por buscar trabajo, se quedó en una d'esas camas, al menos hasta que se metió en la de mi madre. Era inocentón, el mi pobre, o al menos eso siempre contaron en el pueblo. Siempre cuentan. Todavía. Que un día el médico de la fábrica le pasó la revisión médica y l'escribió en un papel que, cuando se fuera «de señoritas», tenía que tomar precauciones. A lo que mi padre respondió, todavía lo cuentan pa reírse los muy hijos de puta, «¡pero si me pongo dos!». Y lo peor es que era verdá. Era verdá que tos los hombres de la fábrica se iban los sábados de putas. Y era verdá que'l tonto de los cojones de mi padre se ponía dos condones. La madre que lo parió. De mi padre tos se reían en la fábrica. Una vez le clavaron la fiambrera con un clavo en las vías del tren, y el pobre tuvo que comer ai mismo, empapao perdido. Luego también le cambiaban, cada tarde en el vestuario, los zapatos por unos iguales pero d'un número más pequeño cada vez, y l'hacían creer que se le estaban hinchando los pies. Cagondios, qué cabrones.

La casa del Viejo era casa de huéspedes y mi padre s'empezó a quedar aquí desde que llegó. Pagaba la mitad del sueldo por la habitación y una comida, hasta que una tarde dijo que s'había enamorao de mi madre. Y como el sueldo que traería de la fábrica sería el doble que lo que pagaba por l'habitación, al Viejo le pareció bien. Mi madre nunca dijo que s'había enamorao, pero como se debió quedar preñada, ni falta que hizo que lo diría. Se casaron a los dos días, mi madre solo con quince añucos. Que diría que era cosa de los tiempos, que menuda burrada mi madre con quince y el cabrón de mi padre con treinta y muchos. Pero ahora, en este pueblo, sigue pasando lo mismo. Y si no que le digan a Litos y a toda esa panda de cabrones. Que en cuanto dejan la escuela se ponen a trabajar de lo que pillan y lo primero que hacen es comprarse un coche que les cuesta como diez años de sueldo. Y luego se pasean por la carretera alao del patio haciendo ruido pa ganarse a las crías de trece y catorce años, las que andan ya con tetas como de dieciséis, y se ponen de novios con ellas. Cagonsos nin, que andan siempre diciendo lo de «si pesa más que un pollo», dicen, «si pesa más que un pollo me la follo», putos animales. Todavía m'acuerdo yo de La Porcu, que con catorce años se puso de novia de Litos. Y una tarde en unos baños Litos no pudo metérsela por el coño porque no la cabía y se la metió entonces por el culo. Y claro, luego lo contó y to dios s'enteró. Y to el pueblo y hasta'n los pueblos de alao andó riéndose de la pobre cría y desde entonces a La Porcu que todavía la llaman así. Y todavía se ríen. Si es que manda cojones…

Al menos m'alegro yo de que Mariuca siempre sería fea, si es que así s'ha librao de que se la monte uno d'esos hijos de puta.

Pero si incluso más d'un profesor, que esto yo lo vi, andaba diciendo cosas a las crías siempre en medio de clase. M'acuerdo d'uno que las andaba advirtiendo, que si venían enseñando las tetas con esas camisetas que llevaban, las decía, «no respondo de mí». Y otro viejo que las subía la nota si le darían un beso, que creo que todavía sigue dando clase, más viejo que la hostia. Pa darlos de comer aparte. Pos eso, que mi madre, con quince añucos, dejó d'ir a la escuela y se puso a trabajar limpiando la casa y haciendo las camas y preparando las cenas y los desayunos y atendiendo al Viejo y atendiendo a su marido. Y después me parió a mí y ella sola a mí me crio. Ella sola. Porque mi padre, además de tonto, era un vago redomao. Un día, esto lo jura Nanda La Chona que's cierto, se llegó mi madre a la ermita porque l'había pedido mi padre que confesara sus pecados por él. La madre que lo parió

—¿Dime?

—Me.

—Cagonsos Nanda, dime.

—Que aquí no está la cría, nene.

—¿Miraste onde los caracoles?

—Tampoco.

—Vale, bueno.

—Me quedo por aquí de todas formas.

—Sí.
—Por si la da por aparecer.
—Gracias, Nanda.
—Dila tu madre.
—Sí, la digo.
—¿Ya volvió?
—Aún no.
—La madre que la parió…
—Sí…
—¿Y a ónde coño anda?
—Y qué sé yo.
—Esta s'habrá ido a buscarla a la lonja.
—¿Y qué va hacer Mariuca en la lonja?
—Y qué sé yo, nene.
—Te dejo, Nanda, luego te digo.
—Ala, a tomar por culo.

Contaba Nanda La Chona que antes de to aquello, antes de tenerme, mi madre tenía ansia por estudiar y por salir d'este puto pueblo, a ver si se secaba, contaba, que antes de to aquello mi madre pasaba días y días trabajando y trabajando y com'una burra pa poder ahorrar unos duros y com'una cabra noches y noches leyendo tos los libros empapaos de la escuela, ansiosa muy ansiosa la mi pobre pa poder aprender, contaba, que antes de to aquello, mi madre todavía tenía sueños.

Y digo yo.

La de sueños que t'ahorra un hijo.

Luego pasó lo de que mi padre se mató al intentar ahorcarse. Porque en el norte las desgracias vienen una detrás de la otra na más que pa que no te pierdas ni una. Una tarde después de la fábrica, pa llamar la atención y que sus compañeros lo dejarían en paz, mi padre se ató una cuerduca al cuello y se subió a un taburete, p'hacer que se colgaba. La cuerda era finuca finuca, que por eso sabía mi padre que se rompería y entonces no acabaría por ahogarse. Pero lo que no sabía es que al caer se daría una hostia con el taburete en la cabeza y s'acabaría matando, empapao encima del charco que había dejao al gotear. Charco de lluvia manchao del rojo de la sangre que le salió del cabezón. Yo tan solo tenía nueve añucos cuando se mató mi padre, pero bien lo recuerdo. Recuerdo que me lo encontré, ai muerto y empapao y muerto. Empapao como también vivió. Ya te digo que si lo del paraguas abierto dentro casa, cagonsos, pos cómo no ser unos desgraciaos.

Que en el norte a la virgen se la saca siempre el 16 de julio en una barcuca. El resto del año la dejan guardada en la ermita, en un armario de la sacristía y bajo llave y entonces ya nadie la puede ver. ¡Pos mira lo que te digo yo! Que pa lo que nos ha ayudao a nosotros la virgen, a ver si con un poco de suerte la sacan un día que esté el mar picao y se va la virgen a tomar por culo.

Cuchicheos de mejillón:

Escuchadme criaturas
sordas
escuchadme porque
ya me callan las
olas

—estas olas—

ya me están
mandando
callar

En el norte los perros
maman del pecho de una
mujer las mujeres
hacen las
camas las camas
se mojan al llover las
pinzas no aguantan la
ropa la ropa en
tendales oxidados las
vacas caen por acantilados los
gatos no respiran bajo el
agua los pollos
corren decapitados los
chones chillan como
críos los críos
se hacen hombres
los hombres
matan a otros pero
los hombres no

aman a
otros
no
eso no
¡eso no se
cuenta!

En el norte los hombres
no llevan flores a los
muertos

Alguna vez la he ido a ver yo a Mariuca, pa ver qué hacía, pa ver qué hace cuando está en estas playas que más que playas son más bien un puñao de rocas. La he ido a ver escondido desde onde Suco pa que no me vería, que si te ve, la mi pobre, pronto la entra vergüenza y se sienta ai onde esté pa no hacer na. Desde'l acantilao se ve la costa, que frente a nuestra casa, frente a este puebluco, en este lugar, está quebrada, con cortes de rocas que entran hacia el mar, como cicatrices de olas. Mariuca entre las rocas camina bien, la cabrona, es como si las rocas disimularían su caminar raro. Va caminando con sus puñucos cerraos y s'agacha cuando encuentra un percebe o un mejillón y entonces primero se sienta, y s'acerca y parece que cuchichea, a saber qué, cuchicheos de mejillón y entonces luego se levanta y camina en círculos alrededor de la roca onde quiera que esté agarrao lo que haya encontrao. Se pone de pie y camina en círculos y sigue cuchicheando algo que parece una canción y que nunca llegué a escuchar, una letanía, letanía de percebes, letanía de mejillones. Y después d'unas vueltas se queda en silencio, un momento na más, como escuchando. Y luego sigue escurriéndose entre las rocas hasta que encuentra el siguiente mejillón al que contar sus secretos o el siguiente percebe con secretos pa contar.

De pequeña, bien pequeñuca pero cuando ya andaba con sus muñones cerraos, la trajo un día a casa Nanda La Chona empapada, m'acuerdo, empapada Nanda y todavía más Mariuca, entrando en la casa chorreando, que la había encontrao hecha un ovillo com'un caracol arriba del acantilao, cerca de las vacas, a la entrada de la cueva de las ojáncanas, unas mujeres que contaban tenían colmillos retorcidos de jabalí y piel de elefante y barbas de mejillón y que comían cabritos y críos de pecho y que como encontraron huesucos en esa cueva decían que era de ellas, de las ojáncanas. Y Josuco, el hijo de Rita La Tudanca, con otros dos críos de vaya quién a saber de quién eran hijos más que de puta, que la encontraron ai y la andaban gritando y diciendo que si saldría de esa cueva era que entonces sería una ojáncana, con sus colmillos retorcidos de jabalí y su piel de elefante y sus barbas como de mejillón y Mariuca que no había acertao a más que hacerse un ovillo y Josuco a seguir gritándola y tirándola piedras, que Mariuca vino con moraos y un chichón en la frente, hasta que Nanda La Chona llegó paseando por allí y le dio una en los morros a Josuco y luego recogió a Mariuca, y la trajo a casa, y nos contó. Mariuca, la mi pobre, vino en brazos de Nanda La Chona con los bolsillos llenos de algas, cullando y dejando rastro hasta'l cuarto onde la acostaron ai en la camuca, onde Nanda la dejó acurrucada, y ai se quedó Mariuca, toda la tarde, toda la noche, empapada sobre la cama con el pañal empapao de lluvia y de meao, hasta que al día siguiente cuando nadie estaba en la casa Mariuca salió sola y se fue de vuelta pa la costa, con los mejillones y las chirlas y las lapas y los percebes y allí, sé yo, a diferencia del resto de sitios de este pueblo, Mariuca siempre es algo parecido a feliz.

No lo pasó bien Mariuca de cría.

Que aquí no había más escuela que una y a esa escuela fue Mariuca, como tos. Recuerdo yo, cagonsos, verla a la mi pobre to el día sola en el patio, que yo era mayor pero bien tonto del culo y ni siquiera yo l'hacía caso. Y cómo iba a hacer, si seguro que si la defendería alguna vez, acabaría yo cobrando. Pero qué cagón era nin, que ahora m'arrepiento. Que no l'hacía ni caso y hasta alguna vez acabé yo por insultarla. Porque de cría a Mariuca la decíamos de todo, la decían. La decían barbuda, por sus barbas de mejillón, la decían montayeguas, por sus patas torcidas como si fuera montando una yegua o la decían títere, por parecer sus piernas al caminar colgar d'un hilo o simplemente guarra la decían, qué hijos de puta. La decían, a la mi pobre, y s'empujaban contra ella pa decirse que les había pasao la «repugnancia» y la decían repugnante y entonces corrían pasándose la «repugnancia» d'uno a otro y mientras ella quedaba ai quieta y yo tan solo mirando, cagonsos. Y sin decir nada. Si incluso yo corría pa pasar la repugnancia de los cojones si es que alguno me tocaba, me cagüen la madre que me parió.

Recuerdo que un día. Joder. Recuerdo que un día que éramos críos, éramos solo críos, joder, eran cosas de críos, recuerdo. Que Mariuca andaba en la fila pa entrar del patio y coincidió que la mi pobre se puso detrás mío y vino Tano, el hijoputa Tano m'acuerdo y dijo «mira los dos hermanos mongoles» y a mí no me salió otra cosa más que enfadarme con Mariuca por haberse puesto ai detrás mío, que la empujé. La empujé y la mandé irse pa otro sitio y la pobre no dijo ni mu, que tiró pa tras de la fila sin decir na. Y otro día que m'andaban diciendo que si mi madre s'acostó con un primo p'hacer a Mariuca, que lo habían escuchao de la güela d'uno y que por eso salió así. Y que yo que solo acerté a decir que a mí qué cojones me importaría, si Mariuca no era hermana mía, dije, cagondios, les dije que Mariuca era una mongola que mi madre encontró por la costa y que por eso no tenía na que ver con mi familia, les dije, en lugar de darles dos hostias.

Al menos de los pañales nunca la dijeron nada. Que Mariuca hasta día de hoy sigue llevándolos y en aquellos años también pero no la decían na, yo creo que porque no sabían, no s'enteraron. Y eso que Mariuca día sí y día también reventaba el pañal de tanto meao y se le calaba el pantalón com'una sombra y entonces volvía a casa con el pantalón meao. Pero no la decían nada, nunca la dijeron del pañal ni del pantalón, porque con la caladura que traía siempre Mariuca, en el recreo siempre, ella sola, aunque llovería, yo creo que nadie s'enteró si aquello era meao o era lluvia. Ni mi madre s'enteraba cuando llegaba a casa. Hasta que la encontraba el pantalón meao escondido bajo la cama que apestaba y quedaba entero acartonao y entonces a la mi pobre Mariuca le caía una hostia. Luego carajones de perro la tiraban, también. La tiraban carajones secos de perro o se los metían en la mochila y Mariuca llegaba con un carajón a casa y no decía na en muchos días hasta que mi madre lo encontraba, y entonces mi madre se ponía de los nervios, cagondios la que nos caía, que montaba la de dios es cristo en casa y se ponía a llorar y la pobre Mariuca que no tenía culpa de na pero s'acababa llevando ella tos los gritos y todas las hostias y yo también por no decir.

Ella no se merecía los gritos ni las hostias, pero yo sí.
Y tanto que me los merecía.

Por cagón.

M'acuerdo también del día que la vino a Mariuca lo de ser mujer. Lo recuerdo porque ese día tampoco yo dije nada. Ese día llovía y Mariuca s'encerró en el baño chorreando lluvia pero también chorreando sangre. Y mi madre que corrió detrás del rastro y luego gritándola a la puerta que la dejaría entrar. Pero Mariuca no salía. Tampoco abría. No salía ni tampoco abría y mi madre gritando y entonces el Viejo llegó también que qué cojones pasaba con tanto grito y cuando por fin abrió la puerta, Mariuca, toda la pared del baño llena mierda, Mariuca, había pintao con sangre toda la pared del baño, había pintao como redondos y entonces dijo que eran tomates de mar, como contentuca la mi pobre qué sé yo por qué. Y entonces el Viejo la dijo lo de «puta chona», qué burru, lo recuerdo, «puta chona» la dijo y mi madre la dio en los morros. Y Mariuca quedó mirándonos con su caruca. Y yo no dije na. No lloró, nunca fue de llorar Mariuca, pero mirándonos con esa carona suya que pone y que da tanta pena, una carona como la mar picada, revuelta de tristeza.

M'acuerdo luego que'l Viejo la dijo a mi madre «ahora que la preñen como a ti», cagondios nin, mira que decirlo, mientras mi madre limpiaba de la pared los tomates de mar que Mariuca pintó.

Mi madre la quiere mucho a Mariuca, también hay que decirlo. La quiere como nadie. La de noches en vela que se tragó mi madre en el hospital junto a Mariuca, cuando a Mariuca la tenían que ingresar por esto o por lo otro. La de noches que mi madre s'aguantó de llorar, cagonsos, cuando Mariuca no hacía otra cosa más que berrar desesperada. Mi madre, la mi pobre, una bendita, no sabe lo que la quiero. Y cómo cojones va saber si nunca la dije.

Nanda también la quiere mucho a Mariuca. Incluso a veces va con Mariuca cuando Mariuca quiere ir a andar entre los percebes y los mejillones, pa cuidarla. Es también buena mujer, Nanda La Chona. Que la llaman La Chona na más que porque un día su padre se resbaló en el barro volviendo del huerto y quedó hecho un chon y entonces a partir de ese día lo llamaron Gelín El Chon. Y claro, cuando Gelín El Chon tuvo una hija con Oliva, que por estar casada con Gelín El Chon era Oliva La Chona, cuando tuvieron a la cría, la cría se llamó Nanda –por su güela Fernanda, la madre de su padre– y La Chona por su padre, Gelín El Chon. Porque aquí en el norte de tus padres na más se hereda la casa, los anillos de boda y las desgracias. No hace falta que le ocurran a uno, que si le ocurrieron a tu padre o a tu madre tú las llevarás igual encima. Pos eso. Que a Nanda La Chona no le importa ser Nanda La Chona porque desde cría lo fue. A menos que venga un listo y la diga lo de Nanda La Cerda, que entonces muy probablemente Nanda La Chona coja y le meta una hostia.

Su madre, Oliva La Chona, siempre cuenta Nanda, fue ama de cría d'una familia importante del sur. Era pasiega, fue de las que se fueron al sur a dar de mamar a la gente noble. Lo fue, contaba Nanda, porque cumplía con to lo que tenían que cumplir las que se iban a dar de mamar a los críos de familias ricas: ser todavía joven y no tener ninguna enfermedad. Y mira que casi que no puede ir porque el cura salió diciendo que no pasaría el examen de buena moza, que se lo tenía que hacer él mismo, porque dijo que la vio un día andando sola de noche y eso no podía ser. Pero al final lo pasó. También cumplía por haber tenido ya dos críos, que era obligatorio. Y claro, también un tercero reciente. El tercer crío que tuvo fue Nanda. Su madre se fue na más parirla y a Nanda, cuenta siempre, la criaron con leche de burra. Y en otra burra se fue su madre hasta un pobluco del sur, a dar de su leche a una cría que no era Nanda, una cría más rica que Nanda. Un viaje largo, era, y contaba Nanda, que pa ese viaje las pobres mujeres se llevaban cachorros de perro o corderos o gatines pa que las mamarían del pecho y no se las cortara la leche. Su madre se llevó un par de perrucos, uno colgando en cada teta. Un par de perrucos que se bebieron la leche que tendría que haber sido pa Nanda.

Del viaje largo hasta'l sur, la madre de Nanda siempre la contó muchas cosas. Que cuenta Nanda que, en el camino, en los pueblos por los que pasó, su madre vio cosas que nunca podría olvidar. Y que a la vuelta las contó, por si acaso s'equivocaba, antes de que se la olvidarían. Y yo que siempre pensé que tampoco nadie la olvidaría a ella, a su madre, imagínate, en esos pueblos, cuando verían llegar a una mujer a lomos d'una burra con las tetas fuera y dos perrucos amarraos de los pezones.

Cuenta Nanda que su madre siempre contaba que, en cuanto s'alejó del norte, los pueblos tenían casas con na más tres paredes. Casas de tres paredes na más porque la cuarta pared siempre era ya la de la casa siguiente y así estaban, todas las casas seguidas la una de la otra, con el mismo tejao, todas las casas de tres paredes menos la última, que ya tenía cuatro y que solía ser la del cura. En otro pueblo conoció a un hombre que d'un puñetazo había partido un caballo por la mitad y luego un mastín, que es un perro muy grande que lo tienen pa matar lobos, y luego las gentes le iban llevando a ese hombre bruto más y más animales pa partir d'una hostia, y que'l pueblo entero andaba cubierto de tripas contó. También fue a parar a otro lugar onde decía que las ratas apenas tenían cola y vivían bajo tierra y eran todas ciegas. Y yo que siempre la digo a Nanda, la digo, que eso serían topos. Y ella que no, «que no, nene, que eran ratas, ra-tas». En otro pueblo por el que pasó dijo que los hombres eran como bestias, que mataban a los chones cortándolos el cuello y que los chones chillaban como críos, antes de morir, chillaban como críos degollaos y que luego los colgaban de las patas todavía medio vivos o medio muertos pa que se desangrarían dentro un cubo, menudos animales, decía, y que las mujeres mataban a los conejos d'una hostia en la cabeza, así, con la mano abierta, Nanda siempre nos contaba y yo que qué la iba a decir, pos que como aquí, «pos como aquí, Nanda», la digo. Y ella que calla siempre y na más acierta a decir «como aquí no, nene, como aquí no…». Y luego vuelta a callar.

Vio tantas cosas la madre de Nanda y tantas cosas la contó, como aquel pueblo bien al sur onde el sol estaba siempre tan tan tan arriba que las gentes no conocían sus sombras. Y que la tacharon de loca cuando ella las contó, «es com'un charco que siempre te sigue», siempre cuenta Nanda que su madre intentó explicar. Pero entonces to dios se pensó que aquella mujer estaba como las maracas. Y pasó por otro, por otro pueblo onde la juraron y Nanda siempre lo jura, nunca llovía. Pero eso siempre pensó Nanda que se lo dijeron pa tomarla el pelo.

Vio tantas cosas la madre de Nanda, tanto mundo, y a la vuelta se vino con algo de dinero y con los dos perrucos ya grandes. Esos dos perros, según llegaron a la casa y vieron a Nanda, ya nunca se separaron de ella, como si se pensarían que era hermana suya yo creo. Hasta que unos años después uno se perdió y al otro lo pisó la cabeza un camión que conducía su padre, el padre de Nanda, a la salida de la fábrica.

Su padre era más burru que qué sé yo. El padre de Nanda La Chona, Gelín El Chon. Pescaba los pulpos con los dientes. Se tiraba desde las rocas en la pleamar y a pulmón se metía debajo las olas y luego allí agarraba el pulpo; y así el pulpo s'agarraba con tos sus tentáculos al brazo del hombre sin saber, el pobruco, que no debía hacer otra cosa más que alejarse. Porque el padre de Nanda La Chona, Gelín El Chon, era un bruto y entonces mordía fuerte fuertísimo al pulpo en la cabeza hasta que lo mataba y lo sacaba muerto del agua, todavía en su boca, pa nadarse de vuelta a las rocas y subirlas com'un cangrejo. Y mira que son los pulpos en la vida real los que se comen a los cangrejos y no al revés. Gelín El Chon se murió de repente, cenando, en la bodeguca, cuando Nanda era solo una cría. Cuenta Nanda que se vino el nieto de Cutilde La Rápida, que ahora es más tonto que la hostia, se vino de la bodega corriendo a casa Nanda y gritó «¡Oliva! ¡Oliva! ¡Que se murió Gelín!», dijo, «hizo fúúúú», contó el crío, delante de Oliva y de Nanda y de sus hermanos, contó que su padre «hizo fúúúú. Me cagüen su madre», dijo, «y se murió». La cosa fue que no s'había muerto, que le había dao un algo al corazón o qué sé yo, si se ve que bebía y fumaba com'un carretero, entonces lo trajeron a casa y lo metieron en cama como dormiduco. Y a los dos días, en la cama del piso arriba, s'acabó por morir. Su madre, la madre de Nanda, se murió tres días después. Dice Nanda que también de pena. Pa Nanda La Chona to dios muere de pena aquí en el norte, todas las mujeres. Y tampoco sería d'extrañar. Cuentan, cuenta siempre Nanda, que su madre se murió haciendo la cama. Que estaba haciendo la cama y que se murió como a la mitad d'hacerla, pero que su cuerpo quedó de pie, que se quedó como quieta y de pie y ya muerta acabó d'hacer la cama. Com'un nervio de esos que les da a los pollos cuando los cortas la cabeza que siguen corriendo, la mi pobre, siguió haciendo la cama después de morir, acabó d'hacer la cama una vez ya muerta. Y luego en el suelo desmayada la encontraron. «Pero Nanda, joder», la digo yo, «¿y cómo sabes que no murió después d'hacerla?». Pero Nanda siempre me responde lo mismo, «nene», me dice, «en vida mi madre no habría dejao una cama tan mal hecha como aquella estaba».

La madre de Nanda murió en verano. Y menos mal. Porque contaba Nanda que desde siempre tuvo la ropa escogida pa su intierro, pero na más si se moriría en verano: con un traje de falda larga y chaqueta corta muy elegante y de tela fina. Si moría en invierno, decía su madre, no la pusieran con eso que pasaría mucho frío. Además de que ella siempre dijo que esa tela la vendría muy bien pa no pasar calor en el infierno. Porque cuando moriría, siempre dijo, se quería ir pa'l infierno. Directa pa'l infierno. «Que en este cielo que tenemos seguro que está lloviendo cagonsos», decía su madre, y que ella estaba hasta'l coño de tanta lluvia.

¿Y qué ropa la pondremos a Mariuca si s'ha muerto?

Cagondios, y pa qué lo pienso.

Pero al menos la cambiarían ese jersey que lleva que no le cabe ya más mierda.

Pos cuando murió la madre de Nanda, fue entonces que Nanda se quedó sola con sus hermanos mayores, pero solo un par de años. Al cabo d'un tiempo se le murió uno, un hermano se murió de tuberculosis. Nanda cuenta que su hermano murió veinticinco años después de nacer, con cuarenta y ocho años. Con cuarenta y ocho años, lo jura y luego dice «con lo mal que se pasaba en esos años, nene, a cualquiera se le hacían largos». Al día siguiente, al día siguiente cagonsos, pobre Nanda, el otro hermano se pegó un tiro con la escopeta pa matarse, al día siguiente na más. Se puso la escopeta bajo la barbilla apuntando p'arriba y se disparó. La cosa fue que lo hizo en la que era y todavía es l'habitación de Nanda, la de la cama grande. Y el tiro que se pegó l'atravesó la cabeza y subió hasta'l techo, pa abrir un bujero en el tejado que nunca nadie arregló. Por eso, en la habitación de Nanda La Chona, siempre está lloviendo. Y su cama siempre está empapada. Y como si la importaría.

A toda la familia de Nanda la'nterraron en el cementerio viejo, el que quedaba empozao y hecho un cristo. Desde entonces vive ella sola, pero nunca la oí quejarse. Que bien dice que quejarse es gratis y que to lo que es gratis te lo acaban cobrando por otro lao. Vive ella sola en esa casona, ai onde el antiguo fielato. Por eso a veces mi madre va ayudarla a limpiarla a cambio de tres duros. Porque a Nanda no la gusta el polvo, pero la casa es muy grandona como pa limpiarla ella sola. No la gusta el polvo; desde que s'enteró que era piel muerta, cagondios, no puede ni verlo. Dice ella que en su casa ya hubo muertos de sobra.

Es buena mujer, Nanda La Chona. Y a Mariuca la quiere muchísimo. Mariuca anda con pañales y mi madre y yo andamos siempre con cierta vergüenza de que alguien la vea, que ninguno s'entere. Y esa vergüenza que se la hemos pasao a Mariuca, que siempre anda escondiéndose en el baño cuando tiene que cambiarse. Pero con Nanda es diferente. Cuando Mariuca era cría y pasábamos alguna tarde en casa Nanda, que a veces nos cuidaba, Nanda cogía el pañal sucio cuando se lo cambiaba a Mariuca y lo hacía una bola, y entonces nos pasábamos horas tirándonos el pañal sucio y riéndonos, y cómo nos reíamos, que hasta Mariuca lloraba de la risa con una risa que tiene que es com'un ternero. Y rompíamos lámparas a veces y tirábamos jarrones al suelo y Nanda ni s'enfadaba ni na, y cómo s'iba a enfadar si había sido ella la primera en tirarlo. Pero recuerdo a Mariuca, bendita, que la veías la carona de felicidad y las carcajadas como el cacareo d'una gorita y tos hasta arriba de meao y a nadie nos importaba. Es buena mujer, Nanda La Chona, es buena.

Cuando una gata se queda preñada en casa Nanda La Chona, Nanda coge la camada recién parida y la mete en un saco yute. Luego mete el saco yute con los gatines en un bidón negro. Uno que tiene afuera, en la huerta. Uno lleno de agua de lluvia. Los hunde. No se los oye, debajo el agua.

No se oye nada.
(La lluvia d'aquí no suena al caer).
Cuando los saca, los saca muertos.

Luego intierra el saco en la huerta.

También Chanín era bueno.
Y mira tú, el pobre casi se queda sin enterrar.

Porque el día que se mató Chanín, por la tarde se vino una galerna de la de dios es cristo.

Nadie aquí en el norte puede decir cuándo se viene la galerna, hasta que ya s'ha venido y a uno lo coge toda encima y lo deja estaqueao. Se viene de golpe, cualquier tarde d'esas que la playa está abarrotada de gente caminando o comiendo o tomando el sol, es igual, cuando está hasta arriba de esas familias que vienen de lejos y que se traen de to pa la playa porque las da igual el sur. Y entonces se vuela la primera sombrilla. Y luego todas las demás. Se viene de golpe una galerna, no com'una tormenta que se ve venir y te metes pa casa, la galerna se viene de pronto y te pilla onde ta pillao. Se viene la galerna y los mejillones y los percebes s'agarran a las rocas y las rocas s'agarran a la costa porque cuando se viene la galerna da igual, el mar lo rompe to y to lo rompe, las olas en mil pedazos y hasta los peces llegan muertos y ahogaos hasta la orilla, y el viento y la mar y la lluvia, en la galerna, fuerte como juramentos; nadie se libra de la galerna, ni las chirlas ni los tomates de mar por mucho que s'agarren, ni tampoco las rocas, que las arranca el mar y las empuja y las parte en dos; tampoco las gaviotas, ni mucho menos las gaviotas, que s'esconden en los recovecos de los acantilaos, o los gorriones, que se los lleva el viento pa matarlos si no aciertan a meterse bajo tierra. Se viene tronando la galerna. Se viene con una lluvia gorda, unas gotas como gargajos, una lluvia que revienta contra el asfalto y contra las ventanas y hace un ruido como si lloverían trozos de cielo, como si el cielo s'habría roto, una lluvia que truena y que por eso da tanto miedo, porque por mucha lluvia que caiga aquí no estamos acostumbrados a que suene, porque suena como el mismísimo mar. Se viene la galerna y a cualquiera lo coge toda encima sin avisar y lo deja calao. Algo así yo creo que la pasó a mi madre, conmigo, con Mariuca. Se le vino to de golpe y sin avisar y ella quedó empapada, empapada de años y de penas; y por eso a mi madre ya la pesa más todo, la pesa el campo, que ni lo pisa, y la pesa la casa por muy pequeñuca que sea y la pesan las ropas empapadas y la pesa Mariuca, la mi pobre. Que la vida, por muy de tarde de sol que se presente, también tiene galernas que dejan a cualquiera empapao en mitad d'una playa.

Vacía.

Y en bañador.

La mañana que se mató Chanín, na más estaba lloviendo. Luego el cielo abrió, como si a Chanín lo habrían dejao pasar. Pero más tarde se cerró de pronto y de pronto se vino una galerna como pa olvidar. Por eso no pudieron enterrarlo. Porque el cementerio todavía era el viejo y dijeron que con la que cayó quedaron flotando hasta los muertos.

Esa tarde, con la galerna cayendo, tuve yo que correr hasta las montañas, cagonsos. Corrí porque mi madre no hacía más que gritarme como loca «corre nene, corre y vete que viene su hermano pa matarte». Porque al hermano de Chanín le dijo Tano que yo lo había empujao por las rocas pa bajo. Y como si al hermano de Chanín le importaría algo su hermano, si de vivo lo martirizó como el que más y de muerto. De muerto, ni siquiera lo visita. Ni el día de tos los santos lo visita. Nadie. Nadie lo visita. Porque la madre de Chanín murió cuando él era muy crío y el padre y el hermano siquiera lloraron cuando Chanín murió. O eso me contó Nanda. Ni siquiera lloraron, cagonsos, porque ni lo querían, no lo querían porque to el pueblo decía que era maricón y por eso los daba vergüenza quererlo y los dio vergüenza llorarlo.

Por eso ahora, cuando vas pa'l cementerio viejo, la tumba de Chanín está hecha mierda.

Y en su tumba nunca tiene flores.

Ni una puta flor pero bien que se creyó el hijoputa lo de Tano y bien que vino pa darme una paliza pa matarme. Y bien que tuve yo que correr, m'acuerdo, con aquella galerna de la de dios es cristo. Una de esas fuertes fue, en las que'l viento sacudió el mar pa tos laos, que primero se vuelve toda el mar y to el cielo negro, negras las nubes y negras hasta las espumas como las conchas del mejillón, se pone negro com'una cocina de carbón, pesa entonces el cielo y las nubes y se parece al fin de los mundos y s'arrastra espeso como la sangre del chon con la que Nanda La Chona hace las morcillas, con grumos, s'arrastra revolviéndolo todo, el viento y todo, y entonces en el cielo la única luz son los relámpagos que lo parten en mil pedazos y las gaviotas acaban muertas y los gorriones bajo tierra.

Nadie aquí en el norte puede decir cuándo se viene la galerna, nadie, menos Mariuca. Cuando se vino la última que se vino, cuando Mariuca era más cría, se vino Mariuca onde yo andaba, en la huerta. Y entonces resopló, recuerdo, que vino Mariuca y se plantó frente a mí todavía cuando el cielo estaba azul y claro y despejao y en alta mar siquiera se habían arrejuntao las primeras nubes negras, se vino y me miró, se vino y com'una yegua, antes de darse la vuelta pa irse dijo

«Se viene el cielo como un parto»,

algo así dijo, algo así,

«como un parto»,

como la primera sombrilla que se vuela.

Y luego todas las demás.

Lo bueno de las galernas al menos es que los gorriones s'esconden bajo tierra y entonces es más fácil cogerlos. Te vas al huerto justo después, a onde la tierra está más removida, y te pones a desenterrarlos antes de que s'enteren de que ya pasó la galerna. Y como andan medio dormiducos aún, los coges fácil y ni se dan ni cuenta de que los has partido el cuello. Nanda La Chona también los coge, pero ella más bien los pesca. Con redes de pesca, la cabrona. Porque Nanda tiene una higuera. Y pa que en verano los hijosputa gorriones no se coman los higos, suele poner una red y los pobres quedan amarraos como lubinas. Luego los prepara con arroz. Y son riquísimos. Mi madre el arroz lo hizo toda la vida con gallina vieja, pero cuando hay gorrión pos con gorrión también. Más d'una vez Mariuca me vio sacarlos de la tierra y por eso la mi pobre se piensa que los sembramos. Como pa sembrar gorriones estoy yo, lo que me faltaría.

Menuda s'agarró Mariuca la primera vez que vio que los mataba. Menuda se cogió, que s'encabronó como nunca la había visto y m'empezó a dar con los puñucos en la espalda cuando vio que los estaba partiendo el cuello, se puso a llorar, que mira que no suele, y a gemir como la vaca que cayó del acantilao de onde Suco y a darme de hostias y más hostias hasta que la tuve que dar en los morros cagonsos, que no paraba quieta. Menuda s'agarró, Mariuca. Y peor se pone cuando me ve venir de coger percebes, cuando me ve venir con mejillones. Porque cuando me ve entrar con las bolsas, con tos ellos arrancaos de las rocas, cuando me ve echarlos al agua hirviendo o sobre la misma cocina de leña, la mi pobre, se queda calladuca com'una ahogada, se queda calladuca y con la cabeza gacha pero mirándome con sus ojucos oscuros, sin quitarme la vista d'encima. Y luego nunca los come. Nunca la vi yo comer. Y yo qué sé, sus razones tendrá en esa cabeza que na más ella conoce. Y qué la voy a decir yo si

—Qué, ¿no está?

—No… No lo sé…

—Mama, ¿y el chubasquero no lo cogiste, no?

—¿Llamó Nanda?

—Sí.
—¿Y?
—En su casa no está.
—¿Y onde los caracoles?
—Tampoco.
—...
—¿Miraste onde Suco?
—Que sí, que sí miré...
—Pero arriba, onde las uñas de gato.
—¿Y por qué iba andar allá riba?
—A veces se sube por ai, y luego se sienta, si está cansada. Y se pone a mirar al mar.
—Al mar... Pero esta criatura.
—¿Salgo entonces?
Cagonsos, con la que está cayendo.
—Sí, por favor, vete tú...
—Salgo.
Ni agarro el chubasquero y pa qué, con la que llevo.
—... que ya se viene la plea.
La mi pobre, Mariuca. Que poco la gusta que salga a mejillones o que salga a percebes. Pero de siempre ha sido una de las cosas que hicimos pa ganarnos la vida, coger percebes pa venderlos a los restaurantes a escondidas. Y luego también con lo que gano yo segando el prao de Suco, si es que noa llamao a Tano, que se lo siega por dos pesetas el arrastrao, o cuidando de sus vacas llenas mierda. «¡A peseta, a peseta!», me viene ahora un chiste de Nanda, «señor, ¿qué vende usted a peseta?», cuenta, «nada, pero ¿a que es barato?». Luego Nanda lo explica, explica el chiste, explica los chistes Nanda siempre, y te explica que no vendía na el señor, pero que era barato de todas formas. Y luego se ríe. Cómo se ríe, la madre que la parió. Siempre dice Nanda que ella en la vida s'aburrió. También vivimos de lo que saca mi madre limpiando casas, la de Nanda y la d'alguna vecina. Porque en la fábrica na más trabajan ahora cuatro pánfilos y

nuestra casa hace años que ya no es casa de huéspedes. Y también con la pensión del Viejo, que son cuatro duros pero que si no se los gasta en blancos pa algo nos da. Y ahora salir p'afuera con la que está cayendo. Que si al menos sería pa buscar percebes… pero no. Pa buscar a la cría, si es que cagonsos…

Palabras de una madre que quedó en casa:

Ya trepa el mar pa pedir lo que es suyo. Ya trepa el mar p'arrancarme a la cría. Mariuca, vida mía, si tu hermano sale pa buscarte entre las uñas de gato, si sale pa encontrarte entre las rocas, Dios y la virgen no quieran que vuelva cargao con un muerto, igual que volvió aquel día. Que con una muerte por vida un hombre ya debería tener bastante. Aquella mañana el cielo estaba tapao y gris y también llovía. Llovía de lao. Llovía p'arriba. Yo tendía entre la lluvia. De lo grande a lo chico. De sábanas a calcetines. Siempre. Que bien dicen en el norte que «la ropa empapada pero en el tendal ordenada». Pa que d'una no tengan nada que decir. Pues yo estaba tendiendo cuando escuché al hijo mío gritar. Y miré. Y entonces los vi. Lo vi. Vi a mi hijo cargando con un muerto. Porque era un muerto ya, no era un crío. Vi a mi hijo cargando con un muerto y al momento entendí que con ese muerto cargaría ya toda la vida. Porque mira que dijeron, del mi pobre. Dijeron pero yo nunca los creí. Que fue una ola, por Dios santo. Fue una ola la que mató a ese crío. Pero ahora, por más que ordenaría el tendal, de esta familia seguirían hablando lo mismo.

Cuando se viene la pleamar, aquí en el norte, se va la playa. Y mira que no importa lo grande que sea, que en esta costa puedes encontrarte playas que son infinitas, playas de las que ni siquiera alcanzas a ver el final, ni puedes casi llegar caminando, playas vastas como mares y como praos que no terminan hasta que las engulle la pleamar. Siempre, siempre las engulle, por muy grandes que sean, se viene la mar y lo llena to de olas. Y mira que en esta playa apenas hay arena, que ya cuando la mar se retira deja poco espacio que no sean las crestas de las rocas que poco a poco ha ido arrancando de la tierra los días que, pero mira cómo tenemos el prao, cagonsos qué pena. ¡Y como si tendría tiempo pa segar! Pero si me llega ya casi hasta los huevos… Si apenas se puede ya caminar. Como pa correr ahora. Este prao, que esconderá ratones y enánagos y lumiagos gordos como dios sabe qué, que esconderá la hostia de lumiagos que de cuando en vez los noto aplastar que llevo prisa, y quien prisa lleva, de lumiagos ni habla. Por este prao onde se posan las gotas, por este prao empapao que te cala lo que no te cala la lluvia y que se tumba frente a nuestra casuca y rodea la huerta y que llega hasta'l acantilao, que llega hasta la lastra por un sendero y hasta onde casa

Suco, hasta onde las uñas de gato, hasta mirar al mar y a la playa y a las rocas, que ya estarán a punto de ser engullidas por la plea.

Y Mariuca...

Por este mismo prao que yo camino camina a veces el Viejo, me gusta a mí verlo caminar, camina como rutando, tal y como el Viejo ruta, callao y en silencio. Y yo sé que piensa en cosas que nunca llegará a decir. Por este prao por el que aquel día yo corría, pero estaba mucho más corto, con la capa de lluvia que no se ve pero que cala, que cala más que cualquier otra lluvia, mientras yo aquel día saliendo de la casuca corría porque mi madre me había dicho «corre, corre, corre nene y vete, corre y vete onde Terio» mientras ella no paraba de llorar. Por este prao viene Mariuca siempre, pa llegar hasta aquí, onde Suco. Mira qué bien lo tiene el cabrón, y como pa no con este aquí...

—¡Cagonsos nin, dichosos los ojos!
—Qué, nin...
—Que hacía la hostia que no te veía joder.
—Sí, ando liao...
—Que no sales de casa cagondios.
—Ya...
—¡Si hasta t'estás poniendo gordo, cabrón!
Será hijoputa...
—¿Y qué, sales a percebes ahora o qué?
—Qué va...
—¿Y a ónde vas entonces?
—A buscar a Mariuca.
—A Mariuca, eh...
—Sí.
—Pos ten cuidao con la marea, cagonsos.
—Sí...
—Que hoy está viva.
—Ya, ya.
Venga, Tano, que me voy ya hostia.

—Na, yo aquí acabo ya enseguida...
—Poco te queda, sí.
—Que'l cabrón de Suco hoy no me dejó ni parar a comer cagonsos.
—Qué cabrón. Nada, ya acabas...
—Sí... Y tiro pa casa corriendo, que andará la chavala caliente...
—Haces bien, nin.
—Ya sabes cómo se ponen cuando tienen ganas de que las monten.
—Ya...
Y me río y por qué cojones me río...
—¿Lo sabes o qué?
—Lo sé, Tano, lo sé...
—¿Seguro? Pero ¿tú en caliente ya la metiste o qué?
—Y a ti qué cojones te importa.
—Que lo de la mujer esa del monte que contabas no se lo cree ni dios, nin...
—Lo que tú digas, Tano...
—¡Y lo de Chanín tampoco cuenta, eh!
Cagondios, ni después de veinte años muerto lo dejan en paz.
—Mira, vete a tomar por culo Tano.
—Por el culo, sí...
Y todavía se ríe com'una puta rata cagonsos, pa reventarle.
—¡Que te pongas a segar y te vayas a tomar por culo, payaso!
—Túuuuu, que era broma nin.
—¡QUE TE JODAN JODER!
—Cagondios, no se te puede decir nada.
Si es que...
Cagondios.
Pos eso.
Que desde aquí onde Suco sé yo que la gusta a Mariuca tumbarse entre las uñas de gato pa mirar al mar por el día cuando se viene la plea. O pa ver a las gaviotas cómo s'arrejuntan todas alrededor de los barcos que vienen de pescar en alta mar. «Eso son

avaturdas», te diría Nanda. Y tú que le dirías que no, que son gaviotas, y te vendría la hija de puta con la rima «pos tócame las pelotas». También la gusta a Mariuca tumbarse pa ver a los de las tablas cómo s'encaraman a las olas y se tiran pa bajo como los locos, como si no la tendrían miedo al mar. Los de las tablas, otros, que en cuanto viene uno de fuera y se mete a cogerles las olas lo echan a hostias, como si se las iría a llevar. Le dicen que la playa es suya y lo echan a hostias si hace falta, algunos, cagonsos, qué burrus también. Desde aquí yo sé que a Mariuca la gusta mirar al mar también por la noche. Por las noches, desde aquí, si tienes suerte, se puede ver, sobre el horizonte del mar alguna estrella si s'habría caído, alguna que s'haya estrellao sobre la superficie del mar y quede flotando. Eso la contaba yo a Mariuca, que son las estrellas que llevan muchos deseos de la gente y que pesan mucho y que por eso se caen y s'estrellan y sobre la mar pueden tardar una noche entera en apagarse. Se lo conté a Mariuca de bien criuca y desde entonces ella me pidió siempre ir hasta'l acantilao de noche, me daba con sus puñucos en las costillas haciendo mañucas hasta que yo me giraba y la decía que esa noche no, que iríamos a la noche siguiente. Y luego ya de mayor sé que entonces ella s'escapa sola, cuando mi madre y el Viejo duermen, s'escapa y se tumba entre las uñas de gato, hasta que ve alguna estrella sobre la mar y entonces ya se vuelve. Cuando la cuento la historia a Mariuca, cuando se la contaba, bien sabía yo que esas estrellas eran pesqueros, barcos en alta mar que encendían sus focos pa ver lo que arrastraban en sus redes pero ahora ya no sé, que hay dios, qué va a saber ya uno de lo que es verdá y lo que no…

Cuchicheos de mejillón:

Escuchadme criaturas
sordas

escuchadme
porque apenas

apenas me

me deja tiempo ya
la mar

En el norte la
mar es una madre
que ahoga a sus hijos
para verlos crecer la
mar es un padre
que arropa a sus hijas
que tiemblan de miedo la
mar es un recuerdo
que arrastra a un hombre
y lo hunde por dentro

En el norte la mar es un dios
si es que existiera un dios en el norte

A Suco yo intento no saludarlo nunca, no miro siquiera a su casa cuando paso por aquí por si está asomao, que siempre lo está, con ese no sé qué miedo que tiene él porque pasen cerca de sus lindes y de sus vacas y qué hostias sé yo. Con las lindes, cagonsos nin, qué trisca da con lo de las lindes. Y qué culpa tendremos si el camino que baja hasta la playa las atraviesa y sus vacas están sueltas, que pastan por estos praos pero también por otros que ni siquiera son suyos, y que a nadie le importa y nadie dice na pero él tiene que decir, siempre, siempre tiene algo que hablar la hostia. Yo camino y miro al cielo o miro a lo lejos, al mar si no me queda otra, como ahora. «Mirar al mar», me soltó Mariuca un día, «la única manera de mirar cerca y lejos al mismo tiempo», cagonsos con Mariuca, como pa entenderla. A Mariuca también la digo que nunca mire a la casa Suco cuando pase por aquí, que no mire a las vacas, que no hable con las vacas, que no las susurre ni las cuente, que no las acaricie con sus puñucos, que no hace falta. Pero Mariuca sabe de la vaca de Suco que se despeñó por el acantilao y se reventó contra las rocas, lo sabe porque ella como yo lo escuchó. Que los dos oímos el mugido, que sonó com'un parto, como los camiones al salir de la fábrica con su bocina, cuando pasan rápido, como algo que nunca habíamos oído sonó y salimos corriendo por el prao aunque llovería p'asomarnos desde aquí a la playa y ver las olas rojas, oscuras y rojas. Y la vaca destripada, la mi pobre, que no sería la única… Y se piensa Mariuca que no se cayó, que se tiró, por pena, que por pena se tiró pa matarse o que la tiró otra vaca, que otra vaca la tiró por mala hostia, que muchas veces es lo mismo que la pena, que es la pena escondida. Por eso las acaricia siempre que puede, con sus puñucos, y las susurra, pa que no estén tristes. Porque Suco las trata com'un hijoputa. Porque Suco es un hijoputa, claro. Que no me vea cagonsos, que yo siempre intento no saludarlo porque menudas turras, que cuando me paga pa segar o pa limpiar la cuadra o las vacas no me deja tranquilo ni un momento pero no me queda otra. Pero mira cómo las tiene el agua a las pobres. Dice Nanda La Chona que aquí en el norte bañamos a las vacas. Porque todas las fincas que ves con vacas tienen también una bañera, d'alguna casa vieja, que sale más barata seguro que un bebedero. Y que por eso dice Nanda que en el norte bañamos a las vacas. Y cualquiera que venga se lo cree, si no las ve usar la bañera pa beber.

De Suco puedo contar muchas cosas, pero ninguna sabría si es cierta.

La cosa es que no sabes qué pensar.

Se ve que hace años, que yo era tan crío que no m'acuerdo, se puso a decir que l'habían movido las lindes. Las putas lindes, qué manía desde entonces. Fue un día mientras se lo habían llevao preso y lo habían tenido tres días en el calabozo. Nanda La Chona dice que porque vino con una vaca que había comprao allá al otro lao de la frontera y que no eran tiempos pa andarse yendo y viniendo y no sé qué. Yo creo que porque andaba metido en algo de toda la mierda en la que andan aquí muchos. Lo tuvieron tres días en el calabozo, tres días que solo le daban «pan, agua y hostias», cuenta siempre. Y entonces El Choto, que tenía unas tierras alao, lo habría movido las lindes porque, según El Choto, Suco era demasiao tonto como pa tener tantas tierras. Siquiera s'habría inventao otra razón se ve. Y a la vaca que a la vuelta del calabozo Suco se la encontró destripada; según la comandancia de la guardia civil, por sospecha de que en su interior hubiera traído Suco dinamita. Cagondios, dinamita. Tres días a hostias hasta que les dio por destriparle la vaca. Podrían haberla destripao antes, digo yo. Andaban las cosas complicadas con tos aquellos que iban por ai dando petardazos y matando guardias civiles, por eso tampoco s'atrevió Suco a denunciar lo de las lindes al salir. Y con un buen pedazo menos de tierras y cara de pánfilo entonces se fue a ver al cura, por no saber ya ni a quién ver, desesperao. Y le contó to lo de las lindes y lo de la vaca y lo de los guardias y le preguntó que qué podía hacer, y entonces el tonto del cura le dijo que «bienaventurados los mansos, porque ellos heredarán la tierra» y entonces decía Suco «¿bienaventurados los mansos cagondios?», que él la tierra ya la heredó de su padre y que no sé qué más.

La cosa fue que Suco se fue pa casa y no volvió a decir na, pero a los tres días, en el periódico, anunciaron que alguien había matao a tiros a dos guardias civiles que hacían patrulla en la comarcal y que a El Choto se lo había llevao la mar cogiendo mejillones. Y a la mañana siguiente anunciaron que la mar lo había devuelto a las rocas muerto y con un tiro en la espalda. Y si nunca lograron detener a nadie por aquellas muertes, bien se sabe que la mar no dispara, y que a muchos d'estos hombres en estos pueblos más les vale seguir creyendo en dios, si eso les hace ser un poco menos hijos de puta. Aunque en el norte yo creo que dios no ve nada, desde'l cielo, con este cielo siempre nublao. Por eso aquí muchas gentes hacen lo que les sale de los cojones. Y mira que yo en dios digo que no creo, pero si bien digo no creer, todavía miro de reojo al cielo cuando digo alguna burrada. Como cuando miro al mar mientras cojo percebes. Pero dios no ve na aquí en el norte. Por eso la gente se caga tanto en dios.

Dios no sabe na de lo que ocurre.

Cagonsos, no sabe ni a tocino si lo untan.

Cuchicheos de mejillón:

En el norte la
mar arranca los
montes arranca las
rocas arranca las
barcas que
salen a faenar
pero no arranca
mejillones la mar
no arranca
percebes
no
en el norte
los hombres
arrancan
las vidas
que la mar
no
y cargan con
los muertos
que la mar
tampoco

D'hecho, la mañana que se mató Chanín estaba lloviendo y el cielo estaba tapao y gris. Si dios existiría, no vio lo que pasó. Como pa verlo Tano, no te jode. Y vuelta con lo de Chanín… Pero cagonsos, que si m'acuerdo ahora otra vez es porque hasta aquí riba tuve que subirlo, hasta aquí riba tuve que cargarlo ya muerto aquel día. Y desde aquí grité. Grité porque mi madre andaba tendiendo la ropa enfrente casa, en ese tendal que está entero oxidao ya del salitre o de qué sé yo y yo la vi. Tendiendo la ropa mientras caía una de la de dios. Si es que quién la manda. Pero mira, por suerte estaba ai, porque cuando llegué aquí riba con Chanín muerto yo ya no podía más cargarlo y entonces la grité desde lejos y fue ella la que me vio y a la primera entendió y llamó a la ambulancia y llamó al padre de Chanín y vino to dios hasta aquí corriendo. Llovía de lao y llovía p'arriba y la ambulancia que cuando intentó entrar hasta'l prao entró bien pero cuando cargaron a Chanín, al salir, quedó metida en un barrizal y no había forma de sacarla. Así se pusieron tos a empujar y empujar, incluso el padre de Chanín se puso bajo la lluvia pero no salía ni pa dios. Y cuanta más lluvia caía más barrizal y la gente empapada y llena barro y empujando pero no importó a ninguno, ninguno s'apuró demasiao, ni los de la ambulancia. Porque ya no había ninguna prisa. Incluso se paraban pa fumar, pa luego seguir empujando pero sin prisa. Porque Chanín ya'staba muerto. Incluso el padre empujó y mira que me pareció raro que se pondría, más serio que la hostia pero empujó. El padre estuvo empujando pero no el hermano. El hermano de Chanín no estuvo. Que'l hermano no s'enteró de que murió Chanín hasta la tarde, porque andaba trabajando en la fábrica, y cuando salió por la tarde fue el hijoputa de Tano, la madre que lo parió, que me dijeron que fue el hijoputa de Tano el que fue pa'l tanatorio pa decirle y le dijo que si nos había visto andar por entre las rocas y que nos había escuchao discutirnos y que yo lo empujé pero eso no puede ser porque ya te digo yo que desde aquí es imposible ver las rocas onde estábamos nosotros, las rocas onde se mató Chanín son esas que quedan más allá, que no se ven desde aquí, que están ai detrás d'esas otras y no se las pueden ver, las rocas contra las que una ola empujó a Chanín pa matarlo. Que dice Tano que todavía no era plea pero como si importaría, si con una marea viva como la que había te puede venir una ola en cualquier momento y te mata, como la que vino y la que mató a Chanín y además Chanín que se metía siempre en los sitios más difíciles, que eso lo sabe to dios, cagonsos. Pero esa misma tarde Tano le contó al hermano de Chanín en el tanatorio y fue mi madre la que s'enteró y la que me vino antes que él, vino y me dijo lo de «corre nene que se viene pa matarte» y yo me puse entero nervioso y m'asomé a la ventana y vi que lo que se venía era el cielo negro como la sangre del chon, espeso y negro y lleno lluvia m'acuerdo, y m'acuerdo que luego escuché al cárabo cantar. Y el cárabo canta siempre antes d'una muerte, así que por eso que salí y corrí, corrí porque más miedo me daba el hermano de Chanín que la galerna así que corrí. Y aunque la dije a mi madre que si corría to dios se pensaría que era verdá lo que contaba Tano, ella no dejaba de llorar com'una loca y de gritar y na más me gritaba «corre, corre, corre, corre y vete a las montañas», hasta onde el río, hasta onde crecen las bellotas por el suelo hasta onde las piedras onde no crece la hierba corrí, porque se venía el hermano como la galerna, que se venían los dos pa matarme y por eso corrí. Ni siquiera pude ir al tanatorio pa ver a Chanín muerto porque corrí.

Corrí.

Y tanto que corrí.

Y cómo lo vestirían a Chanín.

Con lo presumido que era él.

Pero yo corrí.

Corrí y la lluvia que pesaba más que todo.

Y el cielo negro.

Corrí.

Y tanto que corrí.

Y no volví hasta que supe de que Mariuca iba a nacer.

Cuchicheos de mejillón:

En el norte la
muerte siega con
su dalle oxidado la
hierba
criaturas
sordas
antes de que
la muerte
me encuentre
debéis saber que

En el norte la muerte
es un hombre

Y si Mariuca no está aquí arriba, entre las uñas de gato, si no está aquí onde Suco, entre las vacas, entonces a ónde queda, la mi pobre. Si aquí riba no la encuentro y aibajo… Aibajo todo lo que queda es mar.

II

EN EL NORTE LA LLUVIA NO MOJA BAJO EL AGUA

Cagonsos.
Y que por eso yo no lo miro, al mar.
Quién me manda.
Si mirarlo no t'hace otra cosa más que ponerte a recordar.

Apenas m'acuerdo de aquellos meses onde la casa de mi tío Terio en Las Machorras, que no fueron más d'un año. Que entonces Terio ya llevaba muerto hacía unos cuantos de años y la casa estaba igual d'hecha mierda como estaría él. Lo que m'acuerdo es que llegué calao y después de correr casi un día entero siguiendo el río y reventao y como delirando, que iba cantando la Pasá de Carmona pero na más la parte de «entre riscos y veredas» y luego «entre lobos y venados», na más esa parte y repitiéndola y entonces cuando llegué me metí en la casa y estuve más d'una semana pa no salir, con una pulmonía que pensé que me moría. M'acuerdo de meterme en la saluca onde Terio solía apilar la leña y acurrucarme en una esquina, siquiera quitándome las ropas empapadas, tiritando de frío, o qué sabía yo si sería de miedo. Tenía entonces si llega quince o dieciséis años, quince o dieciséis. Pero lo que sí recuerdo en aquella casa vacía y sucia y húmeda llena musgo entre las vigas es pasar ese frío que pasé, y hambre, tanto hambre que me comía el musgo y tanto frío que con el musgo me hice una manta que calentaba como las de borrego.

La casa de mi tío Terio está río riba, muy en lo alto, tan en lo alto que aquello me parecía un norte bien distinto, uno que siquiera conocía más que d'una vez que lo visité a Terio de crío pero que casi que ni m'acordaba. Apartada la casa de todas las otras salvo d'una que más que casa parecía una cuadra, que estaba cerca pero bien lejos, como lo están las casas aquí en el norte, más aquí en el monte. Solo una casa había alao y alao era en la ladera a la otra falda de la montaña. Y yo que no salí en los primeros días hasta que una tarde, esto sí lo recuerdo, lo recuerdo como si fuera ayer, llamó alguien a la puerta, llamó, y casi que tiró la puerta abajo antes de abrirla y entrar.

Era una mujer grande grandona, tan grande que cuando entró a la casa y llegó hasta la puerta de la saluca me pareció la sombra d'un oso. Y aquí ya no quedan osos, más que uno o dos. Era esa mujer la que vivía en la casuca de alao que parecía una cuadra, que luego vería no era más que un altillo sobre unas choneras onde los chones la daban calor en invierno y lomo en verano. Era amiga de mi tío Terio, me dijo, aunque poco s'hablaron, pero decía que era un buen hombre mi tío, el único bueno. Cada mañana, me contó, lo veía salir con las tudancas. Y entonces una mañana no lo vio salir ni a las tudancas tampoco ni a la siguiente tampoco. Y resulta que fue ella la que lo encontró muerto.

Y así m'encontró a mí, casi que igual.

En la saluca, medio dormido o desmayao de verla entrar, qué sé yo, m'arrancó las ropas y me llevó a cuchus pa su casa, que esto sí que no lo recuerdo pero me lo contó ella después, y luego me trajo torreznos y un poco vino y me trajo de vuelta a la vida, recién venido del miedo. O de tomar por culo, qué sé yo. La Mujer Osa de Ándara la decían, por ser grande com'una osa y por vivir sola, en mitad de la montaña, siendo mujer y sin casar. Y así ella entonces decía «y yo que creu que me temen menos por osa que por mujer». Y yo la miraba como se mira al monte y entonces ella reía, reía a carcajadas, carcajadas tan fuertes que descornaban corzos.

Al principio d'ese tiempo, poco salí yo de casa de mi tío Terio, apenas salía, más que p'acercarme a casa de la Mujer Osa por las mañanas, bien de mañana, bien de madrugada que siquiera había salido el sol ni s'había ido la escarcha, o por las noches, cuando nadie me vería, pa limpiar de mierda las choneras y pa limpiar de mierda los chones. Era verano y no hacía falta ni leña ni fuego ni na, pero la humedad no se iba, no se va, la humedad, nunca, en el norte, por mucho que t'alejes de la mar que ai sí que sí. El Hombre Pez, me llamaba la Mujer Osa, y me contaba una historia que yo ya sabía, que alguna vez Nanda nos la contó, la historia d'un hombre que se ahogó en el río Miera la noche antes de San Juan y s'apareció meses después en las costas de Cádiz cubierto d'escamas y corroído por el salitre y con las uñas reventadas y comidas por las olas. Y yo que siempre creí que aquel se fue nadando pa escaparse del norte, cagonsos, y pa'l norte que lo devolvieron al pobre hombruco una vez pescao. «Com'un merluzo apareciste tú», me decía la Mujer Osa y entonces reía, reía a carcajadas, tan fuertes que corrían espantaos los rebecos. Pero fue la Mujer Osa la que me contó la verdá de aquella historia, una verdá que yo no sabía, me contó, que'l Hombre Pez no era más que un sunormal que andaba desnudo por su pueblo y del que to dios se reía. Pero esto no pareció hacerla gracia.

Por las tardes, solo algunas tardes, yo salía a pasear entre los robles a buscar bellotas pa darle a los chones. Y la Mujer Osa que entonces me quería asustar y que me decía que cuidao con el Trenti, me decía, que ese bicho s'escondía entre las malezas a los laos del camino y salía a quienes paseaban descuidaos pa pellizcarlos y robarles las cosas de los bolsillos. Y entonces yo la decía que yo no llevaba na de na y ella me decía que entonces me robaría la pilila y se reía, reía a carcajadas, carcajadas tan fuertes que quebraban peñas.

Y mira que yo nunca creí en cuentos d'esos mitológicos. No creí de niño pero ahora qué sé yo… Yo mismo la conté a Mariuca, la contaba, l'asustaba a la mi pobre, diciéndola de la Guajona, que se vendría por las noches con su diente afilau a chuparla la sangre; que la Guajona es una viejuca esmirriada con la cara chupada y huesuda y con un solo diente afilau y cubierta toda ella con una túnica podrida y negra, una viejuca que duerme bajo tierra como los topos y las lombrices y que sale por las noches arrastrándose hasta colarse por las ventanas com'una garduña y clavar su colmillo en las crías y en los críos que quedan despiertos. Y entonces Mariuca desde que la conté estuvo días sin dormir. Se sentaba en la cama por las noches y no había forma de acostarla. Y mi madre que la preparaba infusiones de valeriana con unas hojas de trébol y el Viejo la velaba por las noches preocupao como se preocupa en silencio, callao y en silencio, pero a la mañana decía «no durmió na esta cría, no durmió na, me cagondios». Y yo la trataba de convencer entonces a escondidas a Mariuca, pa que no me reñirían, de que to era un cuento y que la Guajona no vendría porque ni había Guajona ni había na. Y entonces Mariuca me miraba sin decir ni una palabra pero con caruca como triste y seguía sin dormir, pero por las noches y lo bajuco desde mi cama alao de la suya la oía cuchichear como cantando no sé si en sueños «la Guajona vendrá, secretos de topos y de lombrices me contará», y yo entonces salía de la habitación a pasear porque por qué no decirlo, por miedo no, cagonsos, pero que daba cosa, joder. Y así siguió sin dormir y canturreando hasta que una mañana al despertarme la miré y ella había despertao pálida, despertó por haber estao dormida pero más que dormida era eso, pálida y apenas con vida, como ida; que mi madre llamó a la doctora asustada y el Viejo decía que había enfermao la cría de no dormir, que qué esperábamos. Pero yo todavía recuerdo su cara, la de Mariuca, aquella mañana cuando entré en la habitación su caruca era pálida pero no era de enfermar. Pálida y sin casi sangre, sí, pero con una sonrisa que no se m'olvidará jamás, d'esas que pocas se la ven a la mi pobre y en sus ojos, como luciérnagas, y sobre la sábana blanca se podían ver restos de tierra, incluso en la almohada, una lombriz, detrás de su oreja.

De todas formas yo no sé qué creer de las historias que cuentan, que aquí en el monte son muchas más que las d'alao del mar y la Mujer Osa las dice como si fueran más verdá que'l tejón o la garduña, que entraban alguna noche pa ver si había chonucos que llevarse, pero a esos los guardábamos en otra chonera porque la Mujer Osa decía que vendría la Monuca.

La Monuca, cagondios.

Recuerdo cuando la pregunté a la Mujer Osa por la Monuca, que quedó callada y sin decir na, y es la única vez que la vi yo tener algo así como miedo. Que la Monuca nace cada once años, en primavera nace. Nace ciega. Del cruce d'una rámila y un gatu montés nace. En una cueva. Y na más nacer se pone a rondar por el bosque. Hasta que pierde la ceguera y consigue ver, que entonces vuelve a la cueva pa matar a su madre, pa chuparla la sangre y sacarla los ojos, mala como el demonio cagondios. Y luego anda rondando por los bosques destripando tórtolas y desangrando a corderos y a chonucos y a críos de pecho si los pilla, hasta que se pone gorda gorda, tan gorda que no puede ya ni subir a los árboles pa cazar tórtolas ni colarse por los ventanucos mal cerraos pa matar críos. Es por este tiempo que'l gatu montés, que no la dejó de buscar, la acaba enganchando y arrancando los ojos pa dejarla ciega por los bosques, pa vengarse por la rámila, la madre a la que la hijoputa la Monuca mató. Y la Monuca se queda otra vez ciega. Ciega como cuando nació. Y sigue rondando por los bosques, agarrando tórtolas si es que las pilla o por las noches, intentando colarse pa desangrar críos o chonucos en la oscuridad.

La cosa es que, si un hombre la encuentra y la lleva pa casa, dicen que ese hombre tendrá ya suerte pa toda la vida. Pero no una mujer.

La Monuca odia a las mujeres.

La Monuca araña la cara y arranca los ojos de cualquier mujer que se la encuentre.

Como hizo con su madre, la rámila.

Es por esto, supongo, que la Mujer Osa tendría tanto miedo. Por perder sus ojos.

Los tenía bonitos, los ojos.

Los tenía verdes.

Como los de Chanín.

Y se la ponían bizcos cuando s'enfadaba.

Por trabajar, la Mujer Osa me daba de comer. Y mira que soy un milindris ahora, que si el Viejo arranca un chusco de pan con las manos a mí ya me da reparo comerlo, pos la Mujer Osa me daba tocino sin limpiar lleno de cerdas duras que guardaba en una albarca cubierta con un trapo sucio y me daba de beber vino de la misma jarra que ella bebía, que no tenía ni un vaso. Yo, recuerdo, procuraba beber del lao más poco usao por sus labios con pocos dientes, por onde el asa yo bebía, hasta que un día me dice, va y me dice que «qué curiosu», le digo el qué, me dice «que bebas del mismo lau que yo». Y ai ya to escrúpulo se me guardó bien guardao pa los días que vendrían, que allí en la montaña to era demasiao difícil como pa andarse con ascos.

Apenas m'acuerdo de aquellos meses en Las Machorras alao del río y cerca solamente aquella casa gris, apenas m'acuerdo menos d'una noche de verano que m'acuerdo bien, una que la Mujer Osa me llamó d'un bramido pa que fuera a no sé qué de los chones o no m'acuerdo bien qué excusa inventó, que'l resto no se m'olvidará jamás. Solía llamarme d'una voz, berraba, tan fuerte como la berrea, tan fuerte que, cuando lo hacía, se venían rebecas y corzas y ciervas a presentarse alrededor de la casa gris como si sería otoño pa buscar quien las cubriría. Y yo que iba sin pensarlo porque, qué decir, me gustaba su compañía, mucho más al menos que estar solo. Aquella noche de verano me llamó d'un bramido pa no sé qué de los chones pero recuerdo, recuerdo bien, que, cuando llegué y subí los peldaños de piedra y al piso d'encima de las choneras y abrí la puerta, ella estaba echada sobre la cama en aquel cuartuco, desnuda, desprendiendo calor, recuerdo los pechos inmensos cayendo hacia los laos como sacos de cebollas poco llenos y el vello sobre su piel, sobre los hombros hasta'l ombligo como las cerdas del chon y cuando entré, ella abrió las piernas dejándome ver su vagina frondosa que era la primera que yo veía y emanando sexo y entonces me dijo «móntame». Recuerdo eso, me dijo «móntame».

Yo apenas acerté a desnudarme.

A perderme entre el forraje de su vientre.

Que ella m'agarró de lo que ya andaba duro y se lo metió pa gemir, gemía com'una osa, gemía tan fuerte que mis ojos en blanco y la pichuca caliente caliente y com'un rayo se me vino aquel placer que casi me parte en dos, me cagondios, de la primera vez que yo la metía en una mujer. Gemía, gemía tan fuerte que susurraban los jabalís. Luego tumbao a su lao ella reía, reía a carcajadas y va y me dice «ya eres to un hombre», y ni siquiera tiempo me dio a sentir orgullo o vergüenza o qué sé yo qué debía sentir que va y luego dice «igual de inútil».

Es por esto que yo sé que no soy maricón.

Aunque me digan.

Esa noche me dejó echarme junto a su cama, que no era más que unas pacas de paja con una manta roída por encima y yo dormí en el suelo, pero con el calor de los chones por abajo y sin la humedad del musgo, eso lo agradecí. Y a partir d'esa noche, alternaba el trabajo en las choneras con las visitas al lecho onde la Mujer Osa me descubría los secretos del mundo mezclaos con los secretos del monte y a mí que ni fu ni fa más que por aquel calor en la chorra y aquel rayo que se venía cada vez al final pa partirme en dos del gusto, cada vez más tarde, cada vez más gemía, pero que cuando llegó el otoño allí en el valle yo lo buscaba porque yo maricón no soy. La visitaba a la Mujer Osa siempre después de los chones y sin que ella me llamaría, además de por el placer pa que luego me dejaría dormir allí, junto a su cama, con el calor de las choneras y el cocido montañés en el puchero que a veces preparaba y que hacía d'aquellas montañas un lugar menos frío y menos húmedo y menos lejos, menos montañas. Y aun así no había noche que no pasaría en vela por esos ronquidos, ronquidos tan fuertes que los lobos quedaban en sus loberas, no había noche que no echaría de menos la mar.

Y a Nanda La Chona.

Pero sobre to a mi madre.

Solo una vez que se vino el otoño y con él un frío que se te metía hasta'n la cabeza, cuando al despertar quedé en el cuarto con la Mujer Osa, me preguntó que qué era de lo que m'escondía, así lo preguntó, «y tú de qué t'escondes, nene» y luego dijo que «la cabra tira al monte, pero me da a mí que tú na más eres un cabrón». No hizo falta hasta ese día hablar de na importante, d'hablar apenas de na, pero esto fue pasao el mediodía y pasada una mañana en un silencio no solo incómodo, sino también frío, también húmedo y más bien helao. Y qué le iba a decir yo a la Mujer Osa, que fue lo que la dije y que fue la pura verdá. Tal vez las historias que yo sabía que m'habían contao en el pueblo de la Mujer Osa me hicieron suponer que na la sorprendería a esa mujer si la contaría, si la diría, que estaba ai porque decían que había matao a un hombre pero que era mentira. Fue una vez que hube de dejar el monte pa bajar abajo del valle, que me contaron estas, sus cosas, sus historias. Una vez que me pidió la Mujer Osa, me cargó el cuevanuco a la espalda y me dijo que lo subiría cargao de caricos, que al abrir al chon se la rompió la bilis y no había ni dios que lo comería. Fue cuando el monte ya s'había oxidao, yo pensé, de la humedad del verano, que los árboles parecían arder en rojos y naranjas y marrones y yo creí que'l miedo a dar que hablar ya s'habría pasao. De todas formas y por si acaso, no m'atreví alejarme demasiao más que hasta la primera casa que encontré que era del primer pueblo. Hablan d'otros pueblos, contaba la madre de Nanda, más allá de la cordillera, onde las casas tienen na más tres paredes y s'arrejuntan pa dar forma a las calles y dejar espacio a los campos pa extenderse hasta'l horizonte, y que las calles son la pequeña y la mayor y la de la fuente y siempre se repiten. Aquí en el norte, más en aquel monte, más bien se desperdigan por to el verde y por eso no hay más horizontes que'l de la mar, que ya suficiente que lo dejan estar. Aquí en el norte, mucha gente está sola porque sus casas también lo están.

Bajé caminando pa llegar y entrar empapao a una tienduca onde atendía un viejo pasiego viejísimo, curtido como la corteza del roble y que hablaba a través d'una mueca, apenas sus labios separaba, y me miró después de mirar cómo había empozao to el suelo. Recuerdo me miró raro, y cómo me iba a mirar, si nunca antes me vio y cuando lo pregunté por los caricos él me preguntó que de quién era, de a ónde venía. Y no m'atreví a contarle de Terio, así que le dije que de más allá de Riba, lo primero que se m'ocurrió, que me contaba siempre mi tío Terio la historia de que'l río Asón era el único que va «p'arriba» y yo reía y entonces m'acordé y dije Riba, porque el río Asón baja de las montañas pa llegar hasta Riba y de ai la gracia. Y el pasiego me miró como de no creerme, cómo me iba a creer si quedaba Riba a más d'un día caminando, y entonces él quedó callao como asustao y luego dijo «pos ten cuidau», me dijo, «que por ai anda la Mujer Osa». Y fue ai que me contó, que si la Mujer Osa s'había peleao con seis lobos pa partirles las cabezas con sus manos como si fueran nueces, que s'acostaba con los osos pardos pa luego devorarlos por los muslos y que desayunaba ubres de cabra y destripaba chones solo por diversión, como quien desgrana alubias.

Fue después de todas esas historias, fueran ciertas o no, que me fue sencillo contarle a la Mujer Osa lo de Chanín, lo de su hermano, y que por eso me tuve que venir pa'l monte.

Entonces hube de contarla primero de los percebes, que ella sabía ya algo porque mi tío Terio l'había subido alguna vez cuando volvía de la costa y l'había dejao a la puerta. Y la conté después de cómo mi tío Terio sabía a ónde encontrar los más gordos y que por eso yo iba con Chanín pa buscarlos, porque Chanín también lo sabía, pero que Chanín no tenía miedo a la mar y que por eso apuraba mucho, muchísimo. Y que entonces lo de la ola que lo empujó y como que resbaló o cayó o qué sé yo, que ya ni m'acuerdo de tantas veces que lo conté, y se dio con la cabeza y se mató y menos mal que andaba yo por ai, cagonsos, pa que la mar no se lo llevaría pa dentro, que a saber si lo devolvería. Luego la conté lo de cargarlo, lo de la lluvia, que llovía de lao, llovía p'arriba, lo de mi madre en el tendal, lo de la ambulancia la conté y lo del barrizal y lo del hijoputa de Tano y lo del hermano y la galerna, que se venían pa matarme y que yo corrí, y entonces después de contarla to se quedó en silencio un buen rato, se quedó callada como ella callaba antes d'hablar y me preguntó «¿y tú querías a Chanín?», cagondios, ¡otra! Menuda pregunta, que si yo quería a Chanín me dice, otra igual. Pos lo tenía aprecio, como mucho, cagonsos, pero quererlo, qué cojones, si na más que lo veía pa ir a buscar percebes y porque él sabía a ónde estaban los más gordos. Me daba pena, eso sí, cómo lo trataban al pobre. Pero quererlo. En el norte un hombre no puede querer a otro, cagonsos, si no quiere acabar como Miliuco y mi tío Terio. Me preguntó si yo quería a Chanín y cuando yo la dije que no, entonces va y me dice, como enfadada me dice «pos Chanín a ti tampoco». Pero ella qué cojones iba a saber si a Chanín no lo conocía. La cosa es que yo ai me quedé callao y com'un pánfilo y más callao me quedé cuando entonces me dijo «no te sale querer a lo que te puede matar», igual que decía mi güela. La madre que la parió. Que es como si aquí, en el norte, las mujeres estarían todas enganchadas por debajo tierra como las setas.

Después d'esto ya no hablamos más de Chanín, pero hablamos de muchas más cosas aquel día, de todas las cosas que nos dejó la humedad hablar, por ejemplo, de lo que echaba de menos yo las comidas de mi madre. Por contarla la conté que los mejillones, mi madre, los prepara a la marinera, como nadie. Pocha primero la cebolla, la pocha mientras pone los mejillones en el cazo pa que s'abran y suelten to el agua de la mar que esconden. Y cuando la cebolla está bien pero que bien pochada, bien marrón que parece que se la quemó pero no, echa el perejil primero y la harina después pa espesar y luego el vino blanco, uno cualquiera, que al tocar la sartén bufa como los de Ajo y s'evapora, y entonces mi madre echa más y remueve y cuando se queda entonces demasiao espeso lo rehoga con agua salada, con agua de mejillón. Y luego la guindilla, un pocuco de guindilla. Y luego los mejillones, con concha, siempre con concha, pa poder rebañar la sartén y su salsa marinera y lo menos tres barras de pan, porque el Viejo es un golitrón y no deja de mojar hasta que no ha dejao la sartenuca limpia. Hace igual seis kilos mi madre y nos sirve a cada uno la hostia de ellos hasta que los acabamos, los acabamos pero acabamos nosotros reventaos. Y luego la cabrona siempre dice lo mismo, «ves, si es que siempre hago la cantidad justa».

Mi madre...

Luego Nanda La Chona los prefiere con tomate, mejillones con salsa de tomate bien picante. Los prepara Nanda también las más de las veces, y estos eran sin duda los que también a mi tío Terio más le gustaban y entonces ai la Mujer Osa pareció empezar a emocionarse pero al final no. Lo de la cebolla lo hace igual, hace igual lo de los mejillones en el cazo y lo del perejil. Pero luego los echa tomate frito, tomates de su huerta, y luego se le va la mano con la guindilla que pican al entrar y luego pican aún más al salir y que si pica el culo, dice siempre Nanda, romería en Ganzo. Y también se pasa con el agua de mejillón, pa que quede la salsa bien ligera y parezcan los mejillones flotar todavía en una marea roja. Dice el Viejo que así no le gustan, pero igual la barra de pan la apura hasta que en la sartén no queda ni un solo trozo de tomate. Ni uno solo de cebolla. A mí sin embargo me gustan solos. Cuando yo los traigo de la costa recién cogidos o Nanda La Chona los compra en la lonja a Benjamín el de la mina. Lo tiene arruinao a Benjamín. Que siempre Benjamín hace ofertas y dice «la segunda unidad a mitad de precio» y va Nanda La Chona y le dice lo de «pos a mí me das solo la segunda», la segunda unidad dice la hijaputa. Y como Benjamín es bien tochuco, el pobre no lo piensa y la vende tos los kilos que pida Nanda a mitad de precio. Entonces luego se pone a encender la lumbre de la cocina, Nanda, que viene siempre a nuestra casa pa prepararlos, y yo meto la mano en la bolsa de red y saco uno o dos y los tiro sobre el hierro ya caliente, y entonces empiezan a soltar espuma los mejillones y a desanudar las barbas y s'empiezan a abrir, recogiendo bien recogida en su concha toda el agua de la mar que hayan podido traer. Nanda entonces siempre dice lo de cómo distinguirlos, si es macho o hembra, dice, que si al tirarlo sobre la lumbre se pone nervioso es macho, pero que si se pone nerviosa es hembra. Pos ai es cuando más a mar saben, que los coges y los arrancas con los dientes mientras bebes esa agua que sabe a océano pero caliente y t'abrasas la lengua pero vaya si merece la pena que sabe bien. ¿A qué sabe la mar? Sabe a mejillón. Pero eso solo si el mejillón es bueno. Un buen mejillón sabe a mar. Que uno malo, como dice Nanda, «uno malo solo sabe a playa». Y lo decía casi siempre por los que vende Benjamín el de la mina, que vienen llenos d'arena. Pero lo que más de menos echaba yo eran los percebes. El ir a buscarlos y el comerlos. Que los percebes na más es poner agua a hervir y echarlos luego y luego la sal y en menos de lo que t'enteres ya los tienes pa comer. Lo malo que los percebes es menos habitual que los comeríamos. Porque los que cojo yo vale más venderlos a los restaurantes, que los ponen a escondidas en los menús y a un precio de la hostia los cabrones, porque aquí está prohibido andarse a percebes. Está prohibido esto, por aquí.

Hablamos ese día.

Y tanto que hablamos.

Y esto lo recuerdo por lo que vendrá.

Que por qué era Benjamín el de la mina si es que vendía mejillones en la lonja, me preguntó. Y yo la conté, que Benjamín el de la mina no trabaja ni trabajó en su vida, ni en la mina ni en ningún lao, no trabajó más que cuando a veces se mete también entre las rocas pa recoger percebes y mejillones y luego llevarlos pa la lonja. Su padre sí que trabajó, trabajó en la mina y tuvo diez hijos. Y Benjamín fue el último y por eso le tocó su nombre y por eso lo de la mina. Y la conté lo de que Benjamín es calvo pero el pelo d'un lao lo tiene largo, tan largo larguísimo como p'hacer una cortina que tapa su cabezón desnudo. Algunos se ríen y dicen, se dice por ai, que Benjamín camina según venga el viento. Pa delante, de lao o p'atrás, pa que no se levante el pelo, pa que no se descorra la cortina. De tantísimas cosas hablamos, mientras la Mujer Osa partía nueces a puñetazos y las comíamos y me contaba de los secretos del monte.

Me contó de las vacas del valle, de las que son negras com'un nublao y se dicen tudancas, y yo pensé en Rita La Tudanca y el hijoputa Josuco, y de las otras que se dicen Limousin, que yo no sabía que venían del mismo lao que la velosolex de Terio ni que se decían así. Estas Limousin son las mismas que hay aquí, onde Suco, pero mira estas pobres, cómo me miran aquí pasmao; que las veo con su caruca triste y cómo van a estar, estas vacas que resulta que se dicen Limousin y Mariuca y yo y mi madre y el Viejo y hasta Suco las decimos marrones porque no sabemos francés. Cómo no van a estar tristes y entonces m'acuerdo de mi madre. Que está en casa, mi madre, que m'está esperando en casa, que espera que venga con Mariuca, pero y Mariuca ónde andará, cagonsos, que llevo aquí onde Suco la hostia de tiempo ya y por no volver o qué sé yo… Recuerdo que entonces me contó la Mujer Osa que a todas estas vacas que había en el valle, a las tudancas y a las otras, a las Limousin, las liman las pezuñas en diagonal, según la inclinación de la ladera, porque pastan siempre estas vacas en las pendientes del valle y d'otra manera no podrían caminar sin caerse. Y así siempre caminan en la misma dirección y por eso ai tantas cabañas pa'l ganao por la montaña, porque nunca vuelven a la misma. Me contó también que los pasiegos hacía ya tiempo que no tenían ovejas, porque como estaba siempre lloviendo la lana la sacaban siempre empapada y hecha una ruina y quién iba a querer comprarse un jersey mojao. M'habló de tantísimas cosas que ya ni recuerdo, m'enseñó a preparar infusiones de tejo que ella tomaba pa dormir, me contó cómo prepararla pa conseguir un sueño plácido y pa no morir.

Sí.

M'acuerdo.

Ella siempre bebía una infusión de tejo antes d'acostarse. Después de los gemidos y aún estando yo desnudo me decía «¿quieres?» y yo le decía que no, que si estaría loca, que cómo iba a beber tejo, y entonces ella d'un trago se lo bebía y luego reía, reía a carcajadas, tan fuertes que en alguna pensé yo que se moría como la vaca que cayó por el acantilao. Y yo que siempre oí del tejo que era más malo que'l demonio, pero así la Mujer Osa me decía siempre que eso eran habladurías y que si una se preparaba una infusión de tejo como habría de prepararse no tenía que preocuparse ni por dios ni por los demonios, que así ella nunca moriría.

También m'habló del musgo, que siempre se dice crece hacia el norte y por eso te señala pa ónde está y entonces m'enseñó a leerlo, porque contó, que solo pa los tontos que no saben leerlo el musgo sirve solamente pa eso. Y así me dijo que según los verdes se podía ver cómo vendrían las nieves y según el grosor del musgo te podía indicar pa ónde quedaban los corros de brujas, y entonces yo la pregunté.

Y primero me dijo que cómo no sabía y luego me dio con la mano en la espalda, como pa romperme diez huesos la hostia, y soltó una sola carcajada como pa romperme otros diez, y luego me dijo que los corros de brujas son círculos de setas que s'hacen cuando por las noches las brujas salen pa juntarse y los sapos se sientan en corro a su alrededor pa verlas bailar, y entonces que debajo del culo de cada sapo crece una seta.

Y si el sapo es venenoso, una venenosa.

Y si no, no.

Y así.

Y que luego cada bruja escoge una pa restregarse.

Y que si las preguntas entonces a las setas, te dicen tos los secretos que las brujas en susurros las cuentan.

Y fue entonces cuando me dijo de ir a ver uno.

Que ella sabía d'un sitio onde siempre salían, y si no era ai era en otro sitio que también. Tal vez fue el frío lo que hizo que se me congelarían los recuerdos y que m'acuerde tan bien de cómo caminamos por el monte pa meternos entre los robles y las hayas y después de qué sé yo cuanto tiempo caminamos, que ella daba zancadas grandes como tres pasos míos y mira que me costaba seguirla, llegamos a un trozo de bosque más clareao onde ai, en medio, había un corro grande grandísimo de pedos de lobos. Recuerdo ella me dijo «quieto ai», con la mano me dijo y yo me paré lejos del círculo bajo la lluvia, que es más gorda bajo los árboles y ella s'acercó, recuerdo cómo entonces se quitó sus ropas como d'estameña que llevaba y se quedó desnuda, con el frío que hacía se quedó desnuda y entonces s'empezó a restregar por el suelo entre las setas, se restregaba con la espalda y luego se revolcaba com'un jabalí y soltaba gemidos que, aunque bien se parecían a los que soltaba conmigo, eran bien distintos. Y algo decía, eso no lo llegué a oír. Algo decía por lo bajuco entre los gemidos de jabalí cuando se quedaba alao d'una seta como mirándola de cerca, algo decía cuchicheando y luego callaba como pa escuchar, un momentuco quieta y luego de repente la entraba la risa y volvía a revolcarse muy fuerte hasta que se paraba en otra seta y así. Decía, callaba y reía fuerte mientras se restregaba desnuda entre las setas pero sin arrancar ninguna, eso sí. Hasta que de pronto se paró, algo dijo y luego calló. Y ya no rio más. Se levantó seria, se puso las ropas de nuevo y me dijo sin siquiera mirarme «venga, tira pa casa».

Y pa casa tiramos.

Y luego no habló en to el camino.

Y al llegar tampoco habló.

Calló hasta la noche y yo arrimao a su estufa hasta que se fue a acostar y yo con ella, y gruñó pa decirme que no, sin saber yo el porqué. Y entonces no hice más que tumbarme ai onde a veces m'echaba pa dormir y de espaldas a mí sin mirarme siquiera me dijo «mañana ties que irte».

Y la pregunté que por qué y ella me dijo «porque la tu madre se puso a echar por el coño una cría».

Casi se mata mi madre pariendo a Mariuca.

Mi madre empujando y la comadrona tirando y tirando y tirando y que la hijaputa no salía, que estaba agarrada adentro a las tripas como qué sé yo…

Com'un mejillón a la roca.

Casi se mata mi madre pariendo a Mariuca. Cuando llegué yo, desde'l prao oía sus gritos, quebraos como la costa, tan fuertes como la vaca Suco, la del acantilao. Cuando llegué yo calao, reventao de correr más que andar, entré a la habitación y allí estaba mi madre sobre la cama, como si habría estao pariendo bajo la lluvia, la cama de sudor y toallas rojas de sangre por to el cuarto y el Viejo asustao como s'asusta el Viejo, que es sentaduco en una esquina y en silencio y la comadrona y la moza que vino p'ayudarla junto a mi madre las dos, la una consolando el llanto y la otra encharcando toallas de toda la sangre que salía.

Casi se mata mi madre pariendo a Mariuca, com'una galerna

fue su parto. La sangre oscura como las nubes. Los gritos como relámpagos. Las sábanas como la mar picada. Y Mariuca arrancada de sus tripas, como de las rocas el mejillón. Lo que no llegaríamos nunca a saber es cómo fue concebida esta cría. Ni yo lo sé ni ninguno, por más que hablen. Porque mira que d'esto, en el pueblo, s'habló veces. Com'una garduña la historia, que se nos coló hasta la cocina. Y mira que por esto, en el pueblo, m'habré tenido que dar yo de hostias. Porque que una cría nazca sin un padre deja mucho lugar pa hablar. Y bien más d'una vez yo escuché al hijoputa de Tano o a cualquier otro hijoputa que si un primo de mi madre se la folló p'hacer a Mariuca y que por eso salió así. O que si Suco se vino un día de los que yo andaba por la montaña y la hizo a mi madre una cría sin mi madre quererlo. O que si un guardia civil la forzó, cagonsos, eso sí que no. Yo a mi madre de crío la pregunté alguna vez, la preguntaba, pero pronto me cansé d'hacerlo, porque siempre me venía con la misma retahíla, como si habría perdido la cabeza ya, la mi pobre. Siempre me contaba que si a Mariuca se la trajo el mar una mañana, cuando yo andaba en las montañas, una mañana que ella salió a mejillones porque yo no estaba, en la que'l cielo se puso to negro y el mar la cubrió p'hacerla una hija. Que la encontró entre las rocas, metiduca en una concha de mejillón. Y ella s'agachó. Y arrancó el mejillón de la roca. Y cuando abrió la concha en lugar d'un mejillón pequeñuco y arrugado vio aquel feto pequeñuco y arrugado que era Mariuca y el mar la dijo, contaba, que'l mar la dijo que se lo metería pa dentro. Y mi madre lo arrancó despazuco de la concha y se lo metió pa dentro y luego una ola se lo empujó pa metérselo a onde s'hacen las crías y que la concha mi madre la tiró, contaba siempre, siempre igual, porque entonces supo que la concha desde ese momento sería ella misma. Siempre. Siempre con la misma retahíla me venía. Y que por eso andó siempre preocupada porque Mariuca s'acercaría al mar, que'l mar se la trajo, contaba entre lloros, y siempre lloró porque estaba segura que algún día se la volvería a llevar. Y yo que no podía ni escucharla, cagonsos, cada vez que me contaba, ni escucharla podía por la pena que me daba ver cómo definitivamente había perdido la cabeza como la güela o por la rabia que me daba que no me querría contar la verdá o qué sé yo.

La cosa es que casi se mata mi madre pariendo a Mariuca, pero después de yo qué sé que no recuerdo cuántas horas salió, pequeñuca y arrugada com'un mejillón reseco al sol, feúca, mira que era feúca, la mi pobre, feúca como siempre lo fue, salió Mariuca sin llorar y mira que la comadrona la dio en el culo que Mariuca s'aguantó, s'aguantaba, y la comadrona otra y otra y otra hostia cada vez con más fuerza y cada vez con más miedo de que Mariuca no respiraría, pero por más que la daba Mariuca no lloraba. Respiraba, sí. Respiraba hondo, calmada como la mar después de la galerna, como la calma chicha Mariuca nació, pero no lloraba. Fui yo quien la dijo a la comadrona que pararía, «para, para, que recién parida la vas a matar» y mi madre que no decía nada, que después de parir estuvo tres días ida y sin hablar. En esos tres días estuve yo cuidándola sin salir de casa, preocupao por lo del hermano de Chanín, hasta que mi madre despertó y me dijo que no me preocuparía, que ya no me quería matar. Días después m'enteré yo que si Tano había estao diciendo, el hijoputa, que si yo me metía con Chanín entre las rocas no pa buscar percebes sino pa encularnos, y que por eso habíamos andao discutiendo, porque Chanín quería contar que estábamos de novios y yo no, cagonsos, qué metemierda. Y entonces de la vergüenza que le dio al hermano de Chanín ya ni siquiera le importó si Chanín se murió o yo lo maté, que ya no quería saber na más de él. Así lo quería a su hermano. Así de poco. Así de mal. La cosa es que na más volvió mi madre de vaya uno a saber ónde estaba pidió preocupada que la traerían a Mariuca pa cuidarla y ya quedó pa siempre así, preocupada por Mariuca. Y es normal. Normal que se preocupe, que ahora se preocupe, y así debería yo, que a esto tengo que estar: si onde Suco no está, ni entre las vacas marrones Limousin ni entre las uñas de gato. Y si aibajo en la costa quebrada no queda más que mar por encima las rocas pa qué bajo, aibajo onde las olas traen troncos ahogaos y trozos de qué sé yo qué porquerías. Que antes traían trozos de barcos, pero cada vez son más duras las barcas y más fáciles de llevar estos trozos de mierda que vienen a cubrir a las rocas. Y si aibajo no queda más que mar pa qué bajo hasta las rocas y qué sé yo, hasta las rocas primeras que por poco se salvan de la marea, que s'agarran al acantilao onde viene a morir el camino que baja hasta la línea del mar, pa qué bajo. Pa qué bajo y qué decir, que no podría volver a casa y que mi madre, la mi pobre, me dijera «¿y Mariuca?».

Y yo tendría que decirla solo que no la vi. Y ya. Cómo iba hacerlo. Y entonces ella que sería «cómo que no la viste» y que «cagonlaleche», que mi madre nunca se caga en dios por si acaso existiría ni tampoco en la mar, que viene a ser lo mismo. Y yo que «ni onde Suco estaba», «¿onde las uñas de gato?» y yo diría que no, «¿onde las vacas?» y cómo decirla que tampoco. Y quedar empapao frente a su cara de lluvia com'un pánfilo sin poder decir na más pero obligao a decir algo, qué hacemos, ónde buscamos, porque mi madre callaría. Y si no lo digo será el silencio, tengo que decirlo pero si no digo na entonces ella saldrá pa correr sin saber pa ónde y mira cómo llueve, que cada vez llueve más y la mi pobre de mi madre tan calada ni siquiera s'enteraría. Que son demasiaos años, demasiaos aquí en el norte. ¿Que pa qué bajo? Pos bajo por no volver a casa ya, por no volver sin Mariuca pero sobre to por no hacerlo todavía. Porque mientras la busque no estará Mariuca perdida pero cuando vuelva a casa y mi madre mirándome, Mariuca se quedará sola, aquí fuera dios sabe ónde, y entonces se podrá decir y se dirá que Mariuca se perdió.

Y llueve.

Mira cómo llueve.

Como dice Nanda.

Llueve de lao.

Llueve p'arriba.

Llueve y mírate.

Cagonsos nin.

Si ni siquiera te diste cuenta y ya tas empapao.

Vas agarrar una pa no quitarla.

Y hace frío, un frío húmedo de la hostia.

Que mientras sea solo yo quien la busque nadie sabrá más que yo que no la encuentro. Ya tocará volver.

¡Que pa qué bajo!

Pos bajo por to esto pero sobre to, bajo porque desde arriba lo vi.

Sí.

Lo vi.

Y tanto que lo vi desde arriba y eso que no quise, que no quería verlo pero lo vi y entonces tengo que bajar. Porque podría ser un pedazuco de madera, de tronco, uno de esos troncos lleno bujeros y llenos de agua que flotan, podría ser un trozo de boya o de porexpan d'una caja de la lonja o un trozo de cuerda verde anudada con mejillones de las bateas, o de las barcas de arrastre un nudo o qué sé yo, cualquier trozo mierda que tiraron al mar y entonces yo bajaría como estoy bajando y diría «na, es un pedazo de madera» o «na, solo es un trozo mierda». Ojalá. Y ya luego vería si tocaría volver, si rendirme a lo que es y volver con las manos vacías y sin Mariuca y empapao, que mira cómo llueve, pero ojalá, ojalá con las manos vacías pero lo vi.

Y tanto que lo vi.

Y ahora que lo veo, más de cerca de lo que lo vi desde arriba y entonces una ola lo escupe hasta una roca y se retira y ai me lo deja, pa que yo ya no pueda evitar el mirarlo, lo posa y se retira la ola mar adentro y me deja un tiempo pa que m'agache a recogerlo si es que m'atrevo, hasta que venga la ola siguiente, poco tiempo, poquísimo, que yo sé que tengo que apresurarme y agacharme pa cogerlo y volverme a encaramar a las rocas secas pero ya viene la ola siguiente y podría ser y sin pensar y m'agacho y lo cojo y m'encaramo a la roca seca otra vez y llega la ola y me salpica hasta'l pecho. Pero lo tengo, lo agarro con repugnancia y ni siquiera sé porqué, con dos dedos na más, y trato de separarlo de mí to lo que me da el brazo, tampoco sé la razón. ¡Que pa qué bajo y qué sé yo! Si habría sabido, cagondios. Si desde arriba no era más que un pedazuco de madera o un nudo de mejillones o un trozo mierda y entonces Mariuca seguiría perdida y qué sé yo, «s'habría ido onde Nanda La Chona» seguro «o en la cueva las ojáncanas com'un caracol» y yo entraría a casa empapao y sin Mariuca y ojalá, ojalá con las manos vacías si habría sabido, que pa qué bajo si no era más que na lo que vi y ahora es lo que es:

Uno.

Uno solo.

Negro, ortopédico.

Un zapatuco, el de Mariuca.

Su zapatuco escupido por el mar.

Y lo peor es eso, que sea uno.

Que qué sé yo, si fueran los dos pos Mariuca s'habría descalzao como no lo hace nunca pero qué menos que la esperanza y que la duda que son igual, y entonces la pleamar s'habría venido rápido, como burra que tira pa casa se viene en esta playa y Mariuca s'habría ido sin acordarse o sin darle tiempo y el mar se llevaría sus zapatucos, sus dos zapatucos pero no a Mariuca, que andaría onde los caracoles, onde Nanda La Chona. Y por eso busco el otro. Entre las rocas. Entre las pocas rocas que quedan secas pero salpicadas por la marea. Lo busco. Lo busco. Porque cómo volver con uno solo. Cómo entrar «¿y Mariuca?» y yo con un zapatuco empapao, uno solo lleno de algas y sin Mariuca y mi madre… que ya la llovió bastante… Lo busco. Que mira que la cuestan a mi madre estos zapatucos caros y mira que hace semanas que Suco no me llama pa segar ni pa limpiar las vacas, que solo llama a Tano y me cago en María santísima. Lo busco. Lo busco porque cuanto más lo busque menos perdido estará y Mariuca menos ahogada joder, joder, me cagondios…

La pleamar dura lo menos seis horas, lo menos, porque ni la

luna, aquí en el norte, la puede ordenar y si el tiempo está como está, puede darse que dure días y que

    por poco me lleva.

Por poco me lleva el mar consigo, como diciendo «¿tú no buscas una ahogada?, pos entra aquí bien adentro pa buscarla» o qué sé yo, el mar igual sería más piadoso y diría «pos cómo volver y decir a tu pobre madre que su hijuca se ahogó, mejor te llevo y te mato».

Por poco me lleva una ola y mira qué brazos, y la sangre y con el agua del mar joder qué dolor y las rodillas, qué hostia. Porque si te tira una ola sobre estas rocas quebradas te cortas en mil sitios como se cortó Mariuca las manucas de cría, la mi pobre, o directamente te matas como Chanín y vaya si me tiró, que vaya hostia me dio que por poco me lleva y entonces m'ahogo y ahora empapao de lluvia y de agua salada pero no perdí el zapatuco, el de Mariuca. Y por eso casi me lleva, porque no me pude agarrar más que con una mano y ahora mira mis brazos y las rodillas, joder qué hostia.
    Pos vuelvo.
    Tengo que hacerlo, tengo que volver.
    Y tendremos que decir a la guardia civil y mi madre corriendo por el prao hasta onde Suco y luego decirla que no baje, que mira cómo me hice yo con las rocas y con las olas y que por poco me lleva, que seguro que Mariuca se quitó los zapatucos pa caminar con los cangrejos y se los olvidó, y que onde Nanda La Chona o el caracol y lo peor será el Viejo, que saldrá caminando como d'estar tranquilo y le diremos que quede en casa pa no mojarse pero el Viejo saldrá y con esta lluvia, sin enterarse, acabará más empapao todavía y entonces no podrá disimular ponerse triste como se pone el Viejo y acabará a patadas con estas pobres vacas que mira cómo me miran, como si sabrían, mientras yo camino, sí, camino, que no corro y pa qué correr.

No corro entre las vacas.
No sea que s'asusten.
No corro.
Tampoco corrí entre las uñas de gato.

No corro llegao al prao pero no es por el dolor, aunque mis codos con chorretones de sangre que se los lleva la lluvia y mis rodillas, joder, pero esto no lo siento, no siento nada, ni siento el frío ni tampoco la humedad, ni mucho menos la lluvia. No corro pero no es por el dolor, sino pa no llegar, no corro sino más bien camino pa no llegar, por este prao que ya me llega hasta los sobacos porque nadie lo siega y como si tendría tiempo y que esconderá enánagos y lumiagos y ratones que s'ahogan en sus bujeros porque no saben que llueve pero joder, la hostia, que no parará nunca de llover o qué cagondios… No corro pero ahora ya frente a la puerta, empapao de agua y la sangre que sale y se va y sale y se va con la lluvia y con el zapatuco en la mano que ojalá haberme dao cuenta que s'había manchao, cagonsos qué bobo, pringao de sangre el zapatuco y haberlo escondido antes o haberlo limpiao, cómo abrir la puerta, cómo entrar, cómo decir. Pero es mi madre quien abre la puerta, la mi pobre me vio venir, caminando por el prao. Y mi caminar ya la empezó a decir y el zapatuco la terminó de contar.

Y por eso ahora mi madre solo me mira.
Y no dice nada.
Absolutamente nada.
Y su silencio suena a lluvia.

Solo vino un coche patrulla con dos guardias, dos que conocemos del pueblo, que los conocemos y los conoce to dios que andan metidos en toda la mierda que traen en barcazas por la noche y que los críos s'andan metiendo luego en los lavabos. Y es que son críos, solo críos joder, pero qué les importa. Dos guardias que igual que tos los demás d'estos pueblos andan saliendo de fiesta con los más hijos de puta del lugar y metiéndose de to y andan dejándolos conducir el coche patrulla pa meterse por el monte y quedando con ellos pa pegar tiros a latas y como pa no, si les deben pagar la hostia por to lo que los dejan hacer. Dos guardias que, como la mayoría, eran los más brutos de la escuela, míralo, cagondios, ai parao, Ginio, menudo jincho; que fue conmigo a clase y que era el más burru que había y el más hijoputa, el que se metía con to dios y el que más de mayor acababa tos los sábados métiendose de toda la mierda y dándose de hostias con cualquiera y abriendo cejas y reventando botellines y saltando dientes. Y que dices pero habrá cambiao, cagondios, pero qué va. Que ni de mayor ni de guardia cambió. Todavía recuerdo el día del Carmen que andaba de guardia por la procesión y se puso de bronca con uno hasta que le dijo, que yo estaba delante, le dijo «tú Ginio, no serías tan valiente si no llevarías uniforme» y cogió Ginio cagonsos, y se quitó la parte d'arriba pa quedarse con el pecho descubierto y se quitó el cinturón, que tiró hasta la pistola y to y entonces le dijo lo de «pos ya no lo llevo» y lo metió de hostias, qué bestia, lo metió de hostias que ni entre tres consiguieron quitárselo de encima al otro tarugo, que quedó con costillas rotas y la cara reventada y hasta quedó sordo. Y ni siquiera por esto lo sacaron de guardia y míralo, ahora aquí, este va buscar ahora a Mariuca por mis cojones… Y el otro. El otro. Que va de honrao pero sabe igual que tos sabemos to a lo que andan y no dice ni hostias y ahora hablando con mi madre y conmigo en la saluca y qué confianzas se toma, cagondios, acariciando a mi madre el hombro como si, haciéndose el preocupao como si se preocuparía por Mariuca y qué se va preocupar este. Y Nanda La Chona que se vino y que consuela al Viejo, que está triste como el Viejo suele estarlo, sentao en el sofá y callao y empapao com'un ahogao, y así yo lo miro de reojo y veo que se mete el cigarro húmedo en la boca mientras hace no escuchar y de su boina caen chorretones como el churrón de Borleña. Y qué le importa estar calando el sofá, que ese sofá ya huele a podrido igual que'l Viejo y así seguirán oliendo y el Viejo chorreando.

Y mi madre también.

Y yo.

Porque antes de venir los guardias, estuvimos afuera.

Porque mi madre salió.

Y el Viejo también.

Fue Nanda la que dijo de llamar a la civil y a la costera pa que buscarían, que sacarían las barcas y el helicótero, así lo dice, pa encontrar a Mariuca, «la mi pobre», decía mientras lloraba. Y apenas me dio tiempo a coger el teléfono y marcar que mi madre salió corriendo pa luego corriendo seguir por el prao hasta'l caminuco que baja hasta las rocas como pa matarse. Y el Viejo detrás, pero caminando. Y entonces Nanda La Chona que me dijo «anda nene», que yo saldría detrás, que ella quedaba a esperar a la patrulla y que yo guardaría que mi madre tuviera cuidao y también el Viejo, no irían a acabar también en la mar, «que hoy está más picada que los demonios».

Mi madre chorreando.

Y el Viejo también.

Y yo.

Porque antes de venir los guardias andamos por entre las rocas más altas y más secas, vigilante yo que la angustia de mi madre no la llevaría a meter el pie en algún bujero o en alguna poza y a caer y a cortarse o a matarse. El Viejo quedó arriba, onde Suco, mirando desde allí mar adentro y con su cigarro mojao y apagao. Andamos buscando el otro zapato, buscando a Mariuca, deseando no encontrarla por ai onde no había más escondrijo que debajo la mar. Y las olas que se rompían pa salpicarnos.

Y la lluvia.

Llovía de lao.

Llovía p'arriba.

Llovía pa calarnos lo que nunca.

Solo cuando no pudimos más nos volvimos, que yo bien dije «mama, andará por el pueblo, ya lo verás» y caminamos el caminuco p'arriba y luego con el Viejo caminamos hasta la casa por el prao, ese prao que nos cubría ya hasta las cabezas. Y aparcao en frente, el coche patrulla. Y los guardias con Nanda.

Solo vino un coche patrulla con dos guardias, Ginio y el otro. Hablamos mi madre y yo ahora con estos dos en el comedor y qué coño va importarles a estos dos desgraciaos y el Viejo calando el sofá y Nanda La Chona que le dice y que yo la oigo decir:
—Cámbiate las ropas, pánfilo.
Y al Viejo no le oigo decir na y Nanda insiste:
—Pos arrímate a la estufa si no.
Y Nanda señala la estufa pero la estufa está apagada. Y hace frío, un frío húmedo como el mar. Los guardias entonces callan que siquiera los escuchaba y yo les cuento que
—Ella siempre anda por entre las rocas, sabe bien cuándo se viene la plea. —Y bajo la voz, no sé muy bien por qué, pa decir—: Es imposible que se la llevaría la mar.
Pero no lo suficiente, porque esas palabras parecen llegar a mi madre pa encharcar sus pulmones de agua salada. Y Ginio a lo suyo, como si na, míralo y dice
—Ella es sunormal, ¿no?
—¿Cómo?
—Es sunormal, la cría, digo.

Y que le reventaría el morro. Levantaría la silla y le daría con ella en los morros pa saltarle tos los dientes me cagondios pero m'aguanto, me digo, tranquilo, intento guardar la calma pa responder y

—¿Lo dices por meterla a guardia?

Le digo. Juro lo intenté.

—Sujeta los caballos, nene. No te vayas a venir con nosotros al cuartel.

Nene, como si no tuviera ya los huevos canos. Igual de canos que los suyos cagonsos. Y mira el otro. El otro el tonto los cojones ni lo cogió.

—Se la llevó la mar…

Mi madre, mirando qué sé yo a ónde.

—Señora, damos la alerta a los guardacostas. Ya nos dirán si pueden salir ahora, con la mar como está no sé yo.

Dice uno.

—De todas formas, si a la cría se la llevó una ola, ya aparecerá con la bajamar.

Va y dice Ginio, manda cojones, y mi madre, sin escuchar, más que ruido muy fuerte de mar picada, bien dentro suyo, y menos mal. Y los guardias se van. Nos dicen que nos quedemos en casa, que ellos preguntarán por el pueblo a ver si l'han visto y que esperemos en casa —miran la saluca con desprecio— por si la cría vuelve. No la dicen Mariuca. La cría, dicen. Dicen la cría. Por el zapatuco lo dirían y «nene, cámbiate anda, que vas agarrar un peloteta de la de dios con esa caladura», me dice Nanda, solo a mí, que a mi madre parece dejarla allá lejos, lejísimos, onde ella ahora parece caminar.

Ya aparecerá con la bajamar, dice.
Cagondios.
Ya aparecerá, dice.
Si se la llevao una ola, aparecerá con la bajamar, cuando la marea no tenga fuerzas ya ni pa cargar con los muertos. Y lo más crudo, lo más cruel, lo peor es que algo de razón tiene el tontolaba, por no decir toda.

Quedarán lo menos cinco horas pa que baje, quedarán lo menos tres pa que las rocas queden desnudas a medida que la mar se vaya echando p'atrás. Supongo que nos tocará ir entonces a entre las rocas otra vez, caminar como las nécoras entre las pozucas que quedan en esta costa quebrada y buscar pa no encontrar, mirar desde arriba del acantilao, desde las uñas de gato, rezando a un dios que no habrá visto ni hostias, rezando pa no encontrar a Mariuca recién escupida por la mar. Porque si se la llevao una ola, la mi pobre… Y el invierno que viene me da por sembrar y m'encuentro dentro d'una vaina sus dientes, sus dientucos escupidos por la mar…

Quedarán lo menos cinco horas de seguir aquí sentaos, no se lo creen ni ellos. Que ni de ropa me pienso cambiar y pa qué, si pa empaparme otra vez, porque pienso ir al pueblo yo mismo a buscar a Mariuca por si qué sé yo, si algún mierda como el Josuco el de Rita La Tudanca, que si de crío era cabrón los años lo hicieron hijo de puta, más tonto que Pichucas el del muelle o el Jacobo, otro que de crío atosigaba a Mariuca y otro que, cuanto más alto, más bobo. Que queden mi madre y el Viejo en casa, que queden a esperar con Nanda La Chona, que los años que tienen no perdonan los huesos en remojo pero yo me voy.

—Yo voy contigo.
—Mama, no.
—Tira nene, tira, que yo me quedo con tu madre.
—¡Que yo voy!
—Mama, que no.
—Nena, que agarras una que no la quitas.
—Nanda, ¿te quedas con ella?
—¡Que se os ahoga la cría!

El Viejo, como ido, cagonsos.

—Anda nene, anda a buscarla.

Y ando, primero ando pa luego echar a correr por el prao y siquiera alcanzo a escuchar a Nanda que me grita:

—¡Pero cámbiate primero, pánfilo!

Y seguro que por lo bajuco, seguro, segurísimo conociéndola, dice algo como

—Por amor de dios…

O tal vez:

—Ay señor…

Antes habría sido más sencillo buscarla, cuando éramos críos, cuando yo era crío recuerdo en aquellos tiempos, y digo en aquellos tiempos como si sería ya un viejo pos casi que lo soy joder, antes apenas había cuatro casucas en este pueblo y ahora lo menos hay mil, levantadas en bloques de pisos que esperan vacíos que llegue el verano pa llenarse, pero qué importa aquí el verano. Aunque las gentes d'otros laos se pirran por el verde, aunque las duela, supongo, se mueren por la playa y se vienen y se compran pisos y más pisos y entonces más se construyen y se siguen comprando y siguen viniendo de la meseta pa ocuparlos, solo en verano, solo cuando creen que no llueve. Y como aquí en el norte las casas siempre estuvieron desperdigadas, así de desperdigaos construyeron los bloques, barbaridades que construían sin que nadie les diría na, solamente p'hacer dinero y ahora esta costa, que era sin duda la costa más bonita que uno podía ver, la más bonita del mundo, y eso que no he visto yo más mundo que este pero no me imagino na más bonito, está sembrada con cemento por tos laos, como moñigas de cemento, además, feas feísimas, y no hay lugar onde mires, no hay acantilao ni playa ni línea de mar onde no veas un garaje o onde no veas un tejao o un chalet con piscina. Porque los chalets, cagondios, cuando yo era crío empezaron a poner chalets, tos estos que venían de la ciudad de alao y con el dinero que hacían de vender muebles o vender pisos o de tener un padre médico entonces hacían como los de los bloques, pagaban a quien tendrían que pagar del ayuntamiento pa poner sus chalets con piscina en primera línea aunque no se podría, así, sin importarles ni la costa ni hostias. Estos que vienen de la ciudad de alao a los chalets solo en verano o solo los fines de semana y te miran por encima el hombro porque dicen que olemos a mierda, por ser del puebluco. Y lo que no se dan cuenta, cagonsos, es que aquí en el norte la ciudad, por muy ciudad que sea, no deja de ser otro pueblo, con otro tipo de mierda, y con los mismos hijos de puta. Y por eso estos na más que se juntan con los que vienen pa llenar los pisos. Nunca con los de aquí. Na más se juntan con los que vienen de la meseta, que también te miran por encima del hombro, pero estos son todavía peor. Porque mientras los unos no quieren saber de ti ni hostias, los otros, los de la meseta o más lejos aún, te miran como si serías un circo, como si la yerba la recogerías pa que ellos miren, como si las vacas las sacarías pa qu'ellos harían fotos, y cuando te ven zurrándolas pa que tiren pa la cuadra y cagándote en cristo te sonríen y te preguntan, cualquier sunormalidad te preguntan como si no tendrías tú otra cosa más que contestarlos y contentarlos o te dicen que no las trates así, me dijo un día uno, a las vacas, que no las podía tratar a palos, que no sé qué hostias de los animales me cagonsos, anda y que se vayan a tomar por culo.

¡Ah! Y luego están los que eran d'aquí pero se fueron lejos, que también son pa darlos de comer aparte. Los que salieron de aquí y tiraron pa ciudades que sí que son ciudades o pa otros países y luego vuelven a pasar unos días, en verano o en navidad. Esos sí que…, mecagondios. Que vuelven y hacen como si no te conocerían, como si no t'habrías sentao en el pupitre d'alao d'ellos durante la hostia años y ahora que hacen como si no te conocerían y ni te saludan mecagoncristo, que es pa darlos de hostias. Llegan de visita y te giran la cara y te dan ganas de partírsela, que se piensan que por tener estudios o qué sé yo ya te pueden mirar diferentes. Que nos miran como si seríamos unos fracasaos por habernos quedao aquí, se piensan mejores por vernos todavía con toda esta violencia y con toda la porquería que se fuma incluso desde críos y con trabajos precarios y arruinando nuestras vidas teniendo críos demasiao pronto y comprándonos coches demasiao caros y la casa de nuestros güelos muertos, cuando ellos se creen todavía con demasiada vida por delante, con demasiadas cosas importantes todavía por hacer. Estos, son los peores estos. Que no se dan cuenta que en las ciudades ellos están igual o incluso peor. Que aunque en una oficina, sus trabajos son igual de puta mierda, que si no piensan en hijos o en coches o en casas es porque les pagan una miseria y no tendrían pa mantenerlos y que en la ciudad andan fumando y metiéndose la misma mierda, pero mucho más cara. Y que además ni s'enteran que seguro que en la ciudad, pa los de la ciudad, ellos no siguen siendo más que pobres tarugos de pueblo. Como el otro hijoputa, que va y escribe un libro sobre el norte, poniéndonos de burros y de violentos y de que olemos a mierda y de que mecagondios, que m'acuerdo cuando m'enteré en la bodeguca y entonces m'encabronó, y tanto que m'encabronó. Porque lo escribió sacando a gente del pueblo y toda la hostia y con los nombres de verdá y contando un manojo de mentiras y na más que mentiras como si seríamos más desgraciaos que las ratas y como si no sabríamos ni hablar, y el sunormal no hizo otra cosa más que, cuando lo publicó, recuerdo que decían que na más vendría pa presentarlo en la capital, que ni se molestaría por venir por el pueblo pa hablar del libro. Es que mecagondios. Pos mejor que no vendría porque si vendría lo sacaríamos d'aquí a hostias.

Mejor que no vendría.

Eso es.

Supongo que mejor así.

Supongo que.

Supongo que es lo que tienen los libros.

Que defienden a los desgraciaos.

Pero hablarles, rara vez.

Y ahora paseo por aquí por el pueblo y ni m'atrevo a preguntar «¿viste a Mariuca?» o «¿viste a la cría?», por miedo a que me digan «qué va». Paseo por aquí por el pueblo con la que está cayendo pero to dios está paseando. Caminamos por la plaza del ayuntamiento, cuando llueve. Caminamos pa comprar fruta, hacia la bodeguca, caminamos incluso por la playuca de la ría con los perros, que ai queda siempre arena pa caminar sea cual sea la marea. Caminamos cuando llueve porque cuándo caminaríamos si no. He oído decir, lo dicen los que vienen de la meseta, que aquí la gente es dura y es fría pero sobre to que es dura, como las rocas, como las rocas que aguantan el romper de las olas y que por eso se vuelven cortantes. Cagondios, que si ellos están de buen humor na más es porque están de vacaciones. Habría que verlos en sus casas. Además, yo creo que no tiene na que ver con el mar, sino con la lluvia. Míranos, tos por las calles, tos caminando, tos en sus praos aunque esté lloviendo, sin paraguas, sin katiuskas. Porque somos más duras las personas en el norte que la hostia, dicen, y eso no s'hace a base de tormentas ni chaparrones. Eso es esta lluvia, que llueve de lao y llueve p'arriba y esta puta lluvia, pocuco a pocuco, que se va metiendo hasta los huesos pa encharcarlos, que te empoza hasta las tripas y entonces luego caminas y ya ni te enteras. Ni te enteras que está lloviendo hasta que para. Y como si eso iría a pasar algún día.

Eso sí.

Las gentes del norte igual no s'enteran que van empapadas, pero las caladuras en los otros sí que las ven, sí. Y no dejan de señalarlas. Si es que tócate los huevos.

No es que seamos duras, las personas d'estos pueblucos, es más bien que nos llovió demasiao y siquiera nos dimos cuenta. Que dicen que en otros sitios las gentes s'enteran de la lluvia mucho antes de que llueva. Que lo sienten en la rodilla o en el codo.

Cagondios.

Pos aquí al Viejo le está doliendo to el puto día el codo y la rodilla y la madre que lo parió, y no s'entera de la lluvia ni cuando le cae com'un juramento en la cabeza.

Paseo por aquí por el pueblo y ni m'atrevo a preguntar «¿viste a la cría?» o «¿viste a Mariuca?» porque qué me van a decir y además cómo la iban a ver. Como si Mariuca no odiaría subirse aquí riba al pueblo, como si podría soportar cómo la miran: algunas personas con compasión, otras malas malísimas y cabronas riéndose como putas. Pocas son las que les resulta Mariuca indiferente; con sus puñucos cerraos, sus zapatucos negros ortopédicos que resuenan, los pantalones de pana que nunca se quita amarraos con la cuerda verde de pescar y su jersey roído, lleno de bujeros, que no le cabe ya más mierda. La indiferencia es lo mejor que le puede pasar a alguien como Mariuca.

Mariuca, la mi pobre.

Pos si sé que no andará por el pueblo pa qué la busco por aquí, supongo, pa no tener que buscarla entre las rocas.

No. Todavía no.

Y sigue lloviendo.

¿Que no parará nunca cagondios?

Me cruzo con gente pero ni siquiera la miro, pa que no me pregunten ni me digan. Porque me miran porque lo saben. Saben que Mariuca se perdió. Que aquí en el pueblo yo no sé por qué las cosas se saben antes de contarlas, los chismes van más rápido que la gente chismosa. Pero si habrían visto a Mariuca seguro que me dirían, que me pararían y me dirían «por ai andaba Mariuca, que yo la vi», sabiendo que yo la busco, pero na más pa dárselas de que saben. Tendría que haber cogido la velosolex de mi tío Terio, aunque sin que lo vería mi madre, que ya tiene lo suyo y además la velosolex no soporta que la coja, ya desde que era crío no lo soporta. Y menos si está lloviendo, que siempre anda preocupada porque me lleve un coche o acabe en una cuneta y así me dice que «lo menos que te puede matar en una d'esas es una pulmonía».

Y ya tengo las playeras caladas.

Y los calcetines más, joder.

No.

No puede habérsela llevao la mar.

Al menos, si se la llevao, bajo el agua a la pobre ya no la mojará la lluvia.

Pero no.

No sé por qué pero me digo: no, no puede. Que mi güela y Miliuco y mi tío Terio y mi padre y Chanín y ahora Mariuca… Ya serían demasiadas. Demasiadas muertes en esta historia. No puede, me digo: no. No puede habérsela llevao la mar a Mariuca…

—Yo nno la vi.

—¿Cómo?

—A Mmariuca, que nno la vi.

—Por qué dices.

—Tútútú buscas a Mmariuca.

—Sí.

—Yo nno la vi.

Sito, el hijo de Pili La Cascarria. El Viejo dice que es sunormal. Lo dice así, me pone enfermo, lo dice sin molestarse, da igual quién esté delante, dice «el hijo de Pili La Cascarria me trajo seis chicharros» y luego dice «sabe pescar el crío, pa ser sunormal». Y luego calla. Como si Mariuca no. Como si. Yo qué sé. El Viejo, que tampoco le cabe más lluvia. Y el hijo de Pili La Cascarria que

—Estatatará con los mejillonnes.

—¿Ónde?

—Pos en las rocas, ónnde vaser.

—Ya…

—Menun sunormal…

Por lo bajuco pero lo escucho.

Y yo pa qué pregunto.

Siempre se sienta en este mismo banco a pasar la tarde Sito, el hijo de Pili La Cascarria. Y cuando se va pescar se lo lleva al hombro pa tener onde sentarse en el espigón de la ría. Está ya viejuco el pobre, arrugao com'una almeja con su caruca todavía de crío. Y el crío le siguen diciendo. Está siempre aquí sentao menos cuando Litos o alguno de estos hijos de puta se lo llevan a la bodeguca pa hincharlo de calimochos y pa luego reírse de lo mamao que se pone. Que un día lo hicieron meter la chorra en un vaso cubata pa luego contar que no le cabía. O lo llevan de putas. Lo llevan por ai y cuentan que ni las putas quieren follar con él de lo grande que la tiene. Siempre se sienta en este mismo banco el pobre Sito, porque está el soportal, que intenta cubrirlo, pero qué va, que cubriría si es que la lluvia caería d'arriba pero con esta lluvia.

—Qué, Sito, ¿se te perdió la novia o qué?

Míralo, el tonto que faltaba cagondios.

—Que nnnnno, Litos, que nno es mi novia nnin.

—¿No me dijiste que te la follaste?

Con esa puta moto que hace más ruido que la de dios.

—Que nnnno Litos nnin.

—¿Qué, ya perdisteis a la cría?

Camino y como si no lo escucharía mejor, como si no lo escucharía porque todavía le suelto una hostia y como pa escucharle con el ruido que hace esa puta moto me cagoen

—¡Eh! ¿Qué pasa mecagondios, que no me oyes?
Tira, Litos, cagonsos, tiraaaaa, tiraaaaa.
—Cagondios Sito, este quedó sordo o tú qué crees.
—Eeeeeste es sunormal. —Y ríen.
—¡¿Que si no me oyes te digo?!
Y es que aquí o te callas o te tienes que dar de hostias y el puto ruido cojones.
—¡Sunormal, sordo y maricón!
—¡Vete a tomar por culo Litos, que a ti bien que te gusta!
Joder, cómo le digo.
Cagonsos, me pierde la boca.
Que a este desgraciao, de crío, se lo folló Roberto El Piruleta. Roberto El Piruleta era un viejo que ya se murió y que andaba siempre detrás de tos los críos pa darles lambionadas, o los metía pa la cuadra y los daba revistas guarras, como pa calentarlos primero o qué sé yo, que al final lo único que quería era darlos por culo. Y a este desgraciao de Litos siempre contaron que un día lo metió pa su garaje y se lo folló, siendo bien crío, lo convenció pa follárselo a cambio d'unos cromos. No sabría decir si aquello fue verdá o no, lo que sí que fue verdá es que esa misma tarde el padre de Litos fue pa onde Roberto El Piruleta y le dio una que casi lo mata, fue pa su casa con una barra hierro, dicen algunos, otros dicen que con un manojo llaves entre los nudillos, y le dio de hostias que lo mandó pa'l hospital y por poco pa'l cementerio y que se quedó Roberto El Piruleta tuerto y caminando revirao desde entonces y hasta que murió. Roberto El Piruleta. Le dio una paliza y luego quedó to como si no habría pasao na, salvo por el caminar de Roberto El Piruleta y por su ojo. Pero ni los guardias se metieron y pa qué. Si aquí en este pueblo parece que to s'arregle a hostias. Qué ganas que tienen aquí de zurrarse. Supongo que es pa quitarse de la humedad, pa entrar en calor. Al menos Roberto El Piruleta ya no engañó a más críos. No por no intentarlo, sino porque tos los críos sabíamos que Roberto El Piruleta na más nos daría lambionadas pa luego darnos por culo. Como a Litos.

–¿Qué dijiste?

Y todavía viene el muy sunormal, cagondios si es que…

–Nada Litos joder, no dije nad

Y qué hostia me dio.

Que ni la vi venir.

Cagonsos.

Con toda la mano abierta.

–¿Qué? ¡¿Quieres otra?! Me cagondios…

–¡Daadale de hostias Litos!

Y pa qué cojones digo que yo me la busqué…

Que aquí andan con la mecha más corta que su chorra…

–¿Que si quieres otra, te digo?

–Que no Litos joder, que no.

–¡Daale, Litos, daale!

Y el Sito la madre que lo parió y el ruido de la puta moto.

–Ya lo engancharé Sito, ya. Déjalo…

Si es que esto está lleno de

–… que tire por ai a buscar a tu novia la mongola.

Pos tiro, cagondios, tiro. Y si sé que Mariuca no andará por el pueblo, pa qué la busco por aquí, quién cojones me manda, qué hago yo aquí empapao buscando sin buscar a Mariuca y aguantando a tos estos me cagonsos. Pero todavía por el pueblo, todavía queda mirar, y qué sé yo, onde el quiosco de Lavín, onde las moreras, onde la roca alta y de allí tiro ya pa'l puerto

–Dime Nanda.

–Nene.

–¿Avisaron a la costera?

–Sí.

–Voy p'allá.

Guardo el teléfono y echo a correr. Corro. Y dicen algunos que si corres bajo la lluvia, todavía te mojas más.

Si es que esto está lleno de sunormales.

Cuando se viene la pleamar, aquí en el norte, se va la playa. Y mira que no importa lo grande que sea, que en esta costa puedes encontrarte playas que son infinitas, playas de las que ni siquiera alcanzas a cagondios, si yo creo que esto ya lo dije. Sí, yo creo que. Cagonsos, que ya no sé ni a lo que estoy, cojones. Pero lo cierto es que al menos pasó hora y media y la mar apenas se compadeció, que sigue atosigando las rocas de los espigones y de las playas y de los acantilaos, d'esta costa quebrada. Y además, parece encabronada, vaya uno a saber por qué. Si a Mariuca se la llevó…

La guardia costera m'explica que saldrán dos barcas, pero ninguna se puede acercar a las rocas, que es demasiao peligroso, que solo pueden, con esta mar, tal y como está, bordear la costa a lo menos cincuenta metros. Y que no habrá buzos. ¡Y entonces qué hostias van a buscar! Es inútil, ellos lo saben pero no me lo dicen, que si a Mariuca se la llevó la mar, la mar la devolverá, pero no antes de seis o siete días, que ahora la tendrá bien en el fondo ahogada, la mi pobre, Mariuca, que si los muertos no quedan enganchaos a alguna roca muertos se quedan en el fondo, y solo salen cuando ya apestan y están podridos…

Mariuca podrida…
Dios santo.
La mi pobre…
−… y con esta mar, igual aparece en Luanco −le oigo decir a un guardia, me cagondios, qué poco tacto. Tos tienen ya sus chalecos y sus buzos y hasta sus cascos y a mí no me dan ni hostias en vinagre.
−¿Voy con vosotros?
−¿Tú has visto cómo está la mar, nene?
Pos claro que lo he visto, tontolaba.
−¿Y qué cojones queréis que haga yo?
−Tú tira pa casa chaval, que vas empapao, que vas a acabar como tu tío Terio.
Dice uno, ¿y este cómo sabe…?
−Con pulmonía y maricón…
Susurra el otro, detrás, al otro, como si no los oiría.
Menudo mongol.
−¿Qué dices, nene?
Cagonsos nin, que juraría solo haberlo pensao. ¡Y ahora qué! ¿Quién cojones me…?
−¡Nene! ¿Me oyes?
−Dime, Nanda.
Me voy sin siquiera girarme, pero todavía le oigo al mongol, me doy la vuelta pa irme y aún lo escucho al muy sunormal:
−¡Eh! ¡¿Que qué dijiste hostia?!
−¡Nene!
−Dime, Nanda, te oigo.
−Yo no sé si esto está llamando.
−¡Nanda!
−¿Nene?
Dime cojones, pero digo:
−Sí, Nanda, dime, ¿quién llora?
−¡Que a mí no me das la espalda me cagondios!
−¡Calla hostia! ¡Déjalo!

Y todavía los tengo que escuchar.
—¡Ni callo ni hostias!
—Ahora, ¿m'escuchas, nene?
—Sí. Dime, ¿quién llora? ¿Es mi madre?
—Que te vengas p'acá ya mismo por amor de dios, que al Viejo se le fue la cabeza y qué sé yo que
—¿Es mi madre la que llora?
—¡Este maricón me va decir a mí cagondios!
—Vente que a tu madre la da algo.
—Pero ¿qué pasó Nanda? ¿Nanda?
Y ya colgó, la madre que la parió.
—¡Que calles joder! ¡Déjalo!
Y bien lejos. Todavía:
—¡Que se le mató la hermana cagonsos!

Correr con las playeras empapadas y los calcetines empapaos, menuda jodienda, joder. Pero es que mi madre lloraba, por el teléfono la oía llorar a mares, a mares lloraba y si es como este mar, lo mismo se ahoga. Y qué hizo el Viejo cagonsos, cualquier cosa te esperas d'este descerebrao.

Lo malo del mar de aquí del norte es que no t'arrastra y ya. No se contenta con llevarte mar adentro y allí te deja hecho una birria hasta que te hundes, por no poder ya más flotar. Las gentes que se ahogan en otros mares tal vez lo hacen por eso, por corrientes, por cansancio. Pero aquí el mar te chupa. Te chupa pa bajo pa meterte bajo las olas, pa taparte. Y tú que ya no puedes ni siquiera nadar pa la orilla, que tienes que nadar p'arriba, que si no te hundes y mientras te caen olas como peñas en la cabeza. Ni falta le hace al mar alejarte demasiao de la orilla, que una vez muerto ya te llevará.

—¿Qué, nin, la encontrasteis?

Ahora no, Tano.

—Ahora no, Tano, cagonsos.

—Bueno hostia, que na más m'estoy preocupando por la cría cagondios.

—No la encontramos, no.

—Bueno, ya verás que aparece.

—Sí, Tano. Me voy que llevo prisa.

—Ale, tira, tira.

Y correr con las playeras empapadas, joder.

Y que no me da el aire ya, que tengo que caminar porque la carretera se pone pindia hacia el acantilao y a ver quién corre, y ya me podría haber cogido el hijoputa de Canelo con su cochuco al pasar, que ni siquiera m'ha saludao.

Ya veo la casuca al final del prao. Veo el huerto y veo el acantilao y veo la casuca y por fuera no ocurre na, y yo que me pregunto pa qué entrar entonces. Si mientras no entre, mi madre solo llora en el recuerdo y el Viejo no la lio y Mariuca sigue perdida, eso sí, pero yo seguiría ai fuera buscándola y

—¿Ónde está el Viejo?

Llora mi madre, llora a mares, siquiera me mira al entrar, que sigue llorando que se ahoga.

—Tira nene, tira pa'l garaje que ai se fue el Viejo que se le fue la cabeza, que se puso a dar gritos com'un loco y

—¿Qué hizo?

—que no había quién le haría entrar en razón, burru com'un arao este viejo chocho me cagoenlamar, que le cuelgan los cojones ya que se los pisa, que tenía que ponerse ya, que si no no le daría tiempo y

—¿Ponerse a qué, Nanda?

—mira tu madre, la mi pobre, como pa escuchar algo así está una cuando se la perdió una hija, además, que la cría estará por ai con los caracoles y ya aparecerá, este viejo, me cago en la madre que lo parió…

—¿Está en el garaje?

—En el garaje está.

—Voy.

—¡Pero cámbiate nene!

Voy pa'l garaje.

—¡Que vas empapao!

Nanda, joder.

Voy pa'l garaje, que a saber qué está haciendo el Viejo, joder, joder, míralo, com'un loco está, con dos estacas de madera, el Viejo, sobre la mesa inclinao com'un tronco quebrao cullando la boina siquiera me oye entrar, que con su pulso de robar panderetas está intentando clavar dos estacas, cagondios, le pregunto que qué cojones hace con esas dos estacas y sin darse la vuelta, siquiera me mira pa responderme, me dice que es «una cruz», dice, «pa que la cría no tire pa'l infierno».

Definitivamente al Viejo se le fue. No solo la cabeza, lo que es peor, la esperanza. Porque si sería solo lo primero, ahora que le digo al Viejo que pare, que Mariuca aparecerá, entonces el Viejo se rendiría agotao y pararía, pero mira que le digo «para cojones, que Mariuca aparecerá» y el Viejo no para. Porque está decididamente perdido y no sé por qué hostias pero entonces me da por preguntar:

—¿Y por qué dices que tirará pa'l infierno?

—No lo digo, lo temo.

—¿Y por qué?

—Porque si maldita nació, maldita se muere.

Joder. Puto viejo, la hostia. Será hijoputa. Y yo qué sé si lo castigan los años en los que nació, si tiene que cargar con ellos y le pesan y que si por eso estas cosas pero que no, que hijoputa es y lo fue toda su vida cagonsos, que no puede decirlo así hostia. No puede. Y yo que m'aguanto las ganas de darlo en los morros. Lo daba con la mano abierta. Que dejes d'hacer eso, joder, que te dejes de cruces, que Mariuca aparecerá

—Dame eso, joder.

—¡Quita!

—¡Dámelo, joder!

—¡Que te quites! Un maricón me va decir a mí que

—¡QUE SUELTES, HOSTIAS!

—¡CAGONDIOS!

Lo empujé por miedo o qué sé yo, impotencia. Y el Viejo es fuerte, fuerte com'un roble, pero uno de más de cien años y de raíces flojuchas y cayó como el tronco podrido. M'asusté, y tanto que m'asusté con el sonido que hizo la cabeza contra la pared. Un ruido d'esos secos, como cuando estás sacando patatas y das con la azada en roca. M'asusté, y m'asusto todavía más cuando veo cómo me mira el Viejo desde'l suelo, empapao encima del charco lluvia que dejó y esa mirada, de pronto como de crío, de piedad, medio ida por el mareo, tirao contra la pared sin poder levantarse.

—¿Tas bien?

Y que no contesta, joder, a ver si lo maté…

—¿Me oyes? ¿Tas bien?

—Quita, hostias.

El hilo de voz igual que'l de sangre de su oído.

—Cuidao, no te levantes.

—¡Que quites cagondios!

Pos me quito. Joder. Joder. Pos me quito y me voy, viejo de los cojones, viejo hijoputa, cagondios, me quito y te dejo enterrar a Mariuca, que yo mientras me voy a buscarla. Que si tú ya la mataste, tú te encargas de consolarte solo. Me quito. Me quito y ai tú te levantes solo y sigas con tus cruces y lo que te salga los huevos.

—¡Hostias! ¡Joder! Yo me voy a buscar a tu nieta.

—¡Esa no es nieta mía!

Ahora sí… Mira, viejo…

—¡Vete a tomar por culo!

No es la primera vez que le doy una hostia al Viejo, to hay que decirlo. M'acuerdo d'una vez, de críos, que'l Viejo la dio a Mariuca en tos los morros por andar clavando clavos con un martillo en el marco la puerta, la dio bien que hasta la hizo sangre en el labio. Y yo que m'acuerdo que entonces cogí con una escoba y le di al Viejo por detrás y en toda la espalda que hasta partí el palo y to. Y yo no sé cómo no lo partí la cabeza o cómo no lo maté. Mejor haberlo matao, porque menudas las hostias que me dio luego, como pa olvidarlas. Tampoco m'olvido d'otra hostia que me dio, un día que yo andaba haciendo de rabiar a Mariuca y Mariuca lloraba y lloraba armando una de la de dios y hasta que vino el Viejo y me dio con toda la mano abierta en la oreja que ni la vi venir, cagonsos, por meterme con Mariuca, menuda me dio, que estuve una semana entera escuchando en esa oreja el mar. A esto suena el mar en el norte. A violencia. A una hostia suena.

La cosa es que pasaron ya lo menos tres horas desde la plea. Si el mar tiene piedad, ya s'estará retirando de las rocas. Y quién dice que la tenga. Piedad, digo. Qué sé yo. Pero ahora decirle a Nanda y a mi madre que lo del Viejo ya está y volver al acantilao, a las uñas de gato y a onde el zapatuco pa buscar a Mariuca.

—Pero ¿a ónde vas así, nene?

—Onde Suco.

—¿Salieron los guardacostas?

—Sí. Pero esos no encuentran ni su chorra.

A mi madre se la paró el llanto. Se la paró por fuera pero siquiera creo que se daría cuenta, que por dentro será otro cantar. Y m'acerco. Y m'agacho.

—Mama, escúchame.

—…

—Va aparecer. Te lo juro por dios.

La beso en la frente, pero no puedo verla así, sentaduca en la silla, empapada, los pelos chorreándole por la cara, tiritando, tapaduca con una manta gorda que la puso Nanda y me levanto.

—Por favor. Cámbiala.

—No hay forma, nene.

Y entonces ese miedo. El de no encontrar nunca a Mariuca, que ya mi madre nunca se quite las ropas empapadas, la mi pobre, y que quede así, igual de empapada que siempre, pero entonces y hasta que se muera, muerta de frío.

Palabras de una madre que perdió una cría:

Y sigue lloviendo.

Sigue lloviendo y además el viento que se levanta y entonces se levanta aún más frío qué sé yo de ónde, d'entre las rocas o del mismísimo mar que lo revuelve con estas olas como riscos.
Míralo. Seguro que s'ha enterao.
Ya tardaba.
—¡UEEE!
Saluda como los burros. Y yo que levanto la cabeza com'uno, que entonces añado algo más que un rebuzno.
—¿Qué pasó, Suco?
—¿Anda tu madre por casa?
Y este pa qué cojones quiere a mi madre.
—Sí, por ai anda, ¿pa qué la quieres?
—Na, luego la digo.
Luego la dices mis huevos.
—¿Y a ónde vas tú nin, con esta mar?
—Mariuca. Se perdió.
—Ah… Ya dicía yo. Tol día cabéis estao pasando por aquí joder, ya vía yo a las vacas revueltas.

–¿Tú las visto?

–Pos hoy no. Pero anda tol día por aquí entre las vacas y cagondios, que luego me sale toa la leche cortá yecha una mierda.

–Bueno, ya lo hablamos otro día.

–Bueno no cagondios, que la cría anda por ai cuchicheando a las vacas y se me ponen nerviosas joder y luego ni leche ni

–Bueno Suco, ya lo hablamos hostia.

–Bueno, joder, que uno…

Y ya ni le oigo rutar que lo dejé atrás ya harto d'escucharlo, me tiene que decir ahora, joder, es como si los viejos d'este pueblo no tendrían otra preocupación más que hincharme los cojones. La verdá que hay que verlas las vacas, las mis pobres, empapadas aquí sin tejavana ni na y con las carucas tristes. Y como pa no. Seguro que Mariuca las cuenta cosas pa hacerlas felices, seguro que sí…

Desde las uñas de gato se ven ya asomar las rocas. Desde aquí vi el zapatuco y ahora veo las rocas desnudas ya, que habrán pasao lo menos tres horas y media y el mar s'ha echao p'atrás, aunque sigue picada como las mismas rocas quebradas. Ni siquiera veo la lancha de los guardacostas, a saber ónde andan. Ni a los guardias por ningún lao, qué andarán haciendo. El mar marrón, de to lo que la ría arrastra de bien adentro de la tierra, que trae desde los montes troncos grandes grandísimos y maderos de tos laos y palos y toda la mierda que consigue arrancar y la escupe mar adentro. Tos los ríos, por muy pequeñucos que sean, s'hacen caudalosos montaña abajo y se llevan el barro con torrentes que escupen en un solo cauce to lo que la tierra no pudo agarrar. El mar marrón da más miedo aún. Se pone marrón y con la espuma blanca y entonces se levanta y se rompe y la espuma queda sobre las rocas y sobre la arena y qué cojones digo ahora, como si me importaría el color del mar.

Entre las rocas veo troncos, grandes como de roble, encallaos. Maderos de barcas que se tragó el mar y ahora escupe. Redes, cuerdas y hasta jaretas gordas y cabos de amarrar pesqueros, un retel que ya no cogerá más cangrejos y claro, botellas de lejía Conejo de esas amarillas descoloridas ya y botellas de plástico hay la hostia, y trozos de porexpan de las cajas de las lonjas y chancletas, siempre queda alguna entre las rocas de algún pie descalzo y alguna boya y palucos, cientos de palucos de vete tú a saber qué monte y vete tú a saber qué árbol. Y entre tanta porquería paseo los ojos, que desde aquí riba a cada poco me parece ver algo pero luego no es na, y sigo mirando por no bajar, joder qué frío, qué frío tengo, tengo que reconocer. Y yo aquí buscando a Mariuca, qué hago, si bajo por el senderuco y entonces la busco abajo, entre los troncos y las botellas de lejía Conejo y el retel seguro que si la encuentro, cómo va ser d'otra forma, me la encuentro ahogada, la mi pobre, qué hago entonces bajando por el senderuco que está entero embarrao y casi me mato y ya seríamos dos, ¡calla, hostia! Pos qué hago bajando pa buscar ahora aquí a Mariuca entre los maderos y las chancletas y estas crestas de roca de la costa quebrada si cuando la encuentre, ¡calla, joder! Si voy y la encuentro, ¡cagondios, no callarás! La encontraré entonces muerta.

Joder.

Y yo no soy un cangrejo.

Yo no tengo las patucas curvadas ni camino de lao ni me meto entre las rocas, ni mucho menos tengo los dientes en el estómago. Y por eso m'es tan complicado, tantísimo, caminar por entre estas crestas de roca mojada y si al menos caminaría entre ellas como caminaba Chanín pero

Joder.

Qué hostia.

Que se me quedó la mano marcada de solo apoyarla cuando caí, porque a estas rocas la mar las esculpe como con mil cortes, las esculpe con su propia imagen de mar picada, como pa proteger a los percebes y a los mejillones y a los cangrejos también. Pero yo que si me caigo, me hago sangre, y mira que ni siquiera me limpié la d'antes. Porque yo no soy un cangrejo ni tampoco soy Chanín, que si lo sería caminaría por aquí no como ahora camino sino mucho más cómodo, muchos menos cortes, y subiría y bajaría por las crestas de roca pa buscar a Mariuca y me metería en las pozucas que se quedan cuando baja la marea a preguntar a los mejillones y a los percebes como hace Mariuca pero los preguntaría si l'habrían visto, si sabrían de ella, Mariuca, caminaría con mis patucas curvadas de lao o con mi cuerpo de alambre me metería en los recovecos más difíciles y aunque no sabría nadar eso no importaría, porque los guardacostas ya buscan a Mariuca mar adentro y yo la buscaría por aquí, por entre la costa quebrada, con el traqueteo de mis patucas clavándose en las rocas esculpidas con la mismísima forma de la mar picada y con mis ojucos oscuros de nécora o verdes que duelen y entonces desde lo alto d'una cresta vería, me parecería ver, podría ser un tronco, envuelto en algas, entre esas rocas, podría ser, como no camino de lao me vuelvo a caer pero ni me paro pa verme sangrar que con mis patucas de persona corro hasta esas rocas porque podría ser un tronco envuelto en algas podría ser pero también podría y subo ayudándome de las manos que notan los bordes cortantes pero yo no porque solo miro hacia eso cagondios que podría pero que no es un tronco porque los troncos no llevan ropas empapadas ni un pie desnudo ni otro con un zapatuco ortopédico negro porque cuando desde lo alto de la roca en una pozuca pequeña al llegar arriba la veo ai está.

Bocabajo.

En una poza.

La ropa salada.

Y los puñucos. Bien cerraos.

Es Mariuca. Mariuca se ahogó. Y lo peor…

Sigue ai ahogada.

Qué hace uno entonces.

Qué hace.

Cagondios.

Mariuca, joder.
Mariuca.
Joder.
¡MARIUCA!
Qué hago.
Lo primero que te da es acercarte rápido pero, si ya s'ahogó, pa qué, si ya está muerta la mi pobre, pero cómo pensar eso y entonces te paras, me quedo parao, y su pantalonucos de pana y su jersey roído y sus pelos cobrizos como las barbas del mejillón y to empapao pero de ahogada.
Mariuca s'ahogó.
Y yo la miro.

Joder.

Mariuca, hostias.

Y yo no sé cuánto pasó ya.

No me muevo.

Cagondios, no puedo moverme.

Joder.

Un minuto.

Tal vez.

Mariuca s'ahogó.

Y yo la miro, muerta.

Dos minutos.

Me cagoencristo.

Podría ser.

La miro ahogada pero no me muevo.

No me puedo mover.

Y pa qué, si ella tampoco.

Y cómo se va mover, si ella está muerta.

Joder.

Pero yo no.

Mariuca.

Me cago en.

Me cago en dios.

M'acerco.

Con cuidao. Despazuco.

M'acerco con cuidao y despazuco.

Como cuando Chanín, m'acuerdo de Chanín, joder…

Esperando, con la esperanza, que antes de llegar, antes d'agacharme y de mirar su caruca de muerta volvería la cabeza y me miraría y estaría viva, con la esperanza de que Mariuca todavía seguiría viva. La poza no cubre mucho pero lo suficiente pa que su cabezuca quede bajo el agua. Como recostada. Dormida sobre la roca. Dormiduca bajo el agua. Sus piernas estiradas y su pie desnudo, que'l mar solo la consiguió arrancar uno de sus zapatucos mecagoencristo. Sus brazucos quedan fuera de la poza, p'arriba, como reviraos, como brazucos de ahogada. Y sus puñucos. Esos puñucos cerraos no pueden ser d'otra más que de Mariuca, cerraducos, como no los lleva ningún muerto, cerraducos, sobre un saliente de roca. Yo me mojo hasta la espinilla pero ni lo noto ya, qué voy a notar, y cuando me toca arrodillarme junto a Mariuca me cuesta, me paro, me pienso, Mariuca s'ahogó, s'ahogó Mariuca, s'ahogó. Y esas burbujas…

Cagondios espera, que no estoy pa narrar hostia.

Que esas burbujas...

Salen como de su narizuca, com'un resoplido bajo el agua y entonces salen todas esas burbujas que m'aterran por no entender, salen bajo el rostro de Mariuca hasta alcanzar la superficie del agua y perderse, salen como las que sueltan las chirlas enterradas bajo la arena, los cangrejos, los mejillones o los percebes en estas pozas, salen pa reventarse al llegar al aire y asustarme, por no entender de ónde cojones salen si los muertos no respiran. Los muertos no respiran pero tal vez los ahogaos... Los ahogaos sí.

Mariuca, ahogada.

Entonces m'arrodillo.

M'arrodillo junto a Mariuca. Y qué voy a decir en casa cagondios. M'arrodillo en la poza y los pantalones empapaos y qué voy a notar ya. M'arrodillo y cuando voy a tocarla otra vez las burbujas, m'echan p'atrás, bajo el agua, vuelve a respirar bajo el agua.

¿Mariuca?

A Mariuca no la ahogó la mar y yo aquí dejando que l'ahogue una poza, eso pienso pero casi no hay tiempo pa pensar y entonces la volteo y no está tan fría.

Está húmeda, sí, empapada, pero no tan fría.

Está fría pero no com'un muerto. Está fría com'un ahogao, tal vez, pero no com'un muerto.

No.

La voy a voltear pa sacar su caruca del agua, la giro del tronco pero los brazos quedan amarraos, agarraos con los puñucos al saliente de roca y entonces el tronco revirao y no quiero hacerla daño pero qué daño si ya está muerta y la trato de girar como puedo pa que saque su narizuca y pueda respirar pero con los brazos ai amarraos no se puede joder y Mariuca ahogada que no ayuda. Joder. Hostias. ¡MARIUCA! Y las burbujas. Las burbujas como las de los mejillones que s'agarran entre las rocas cuando viene la pleamar, s'agarran pa ponerse gordos con to lo que los trae y que a ellos los sacía, s'agarran fuerte porque las olas to lo arrastran y hasta que llega la bajamar y no puedo girarla, hostias, porque los brazos y los puñucos y el saliente de roca y yo tiro y tiro y com'un mejillón agarrao Mariuca, Mariuca com'un mejillón agarrada a la roca. ¡MARIUCA! ¡MARIUCA! ¡SUELTA, JODER! Y lloro. Y qué voy a hacer más que llorar com'un maricón que soy lo mismo que lloré cuando lo de Chanín y Chanín, joder, que fue una ola joder, que Tano es un metemierda que lo tiró una ola y na más acierto a llorar y llorar y agarrar los brazucos de Mariuca pa despegarlos pero los puñucos qué sé yo quedan agarraos como pegaos al saliente y tiro y tiro y s'hacen sangre y tiro y tiroooooooooooojoder y veo que de los puñucos cerraos o de sus uñas sale un hiluco de sangre hostias, pero no se sueltan, no hay manera que están como pegaos a la roca y dejo de tirar. Que Mariuca s'ahogó. Ya está. Y dejo de tirar. La cabezuca bocabajo otra vez y bajo el agua MARIUCA, MARIUCA POR FAVOR MARIUCA POR FAVOR MARIUCA POR DIOS SANTO y la intento girar la caruca aunque sea, levantarle la cabeza pa que saldría fuera y el pelo de mejillón empapao y apenas alcanzo a sacar su mejilla y su narizuca del agua y su oreja y la beso en la cabeza y la digo Mariuca, por favor, Mariuca, estoy aquí, contigo,

Mariuca, y lloro porque Mariuca está muerta porque fuera del agua no parece respirar y sus ojucos cerraos como dormida y no respira porque está muerta. Mariuca. Está muerta.

Mariuca, por favor. La digo Mariuca, no te mueras, pero sé bien yo que ya murió.

Mariuca…

La mi pobre, todavía agarrada com'un mejillón cuando viene la pleamar y yo ai arrodillao y solo lloro con su cabezuca entre mis manos y hablándola al escucho y ya no grito y mientras lloro más que se m'ocurre entonces y qué sé yo, m'acerco a su orejuca y la susurro, na más como ella susurra a los mejillones la susurro Mariuca, Mariuca, por favor, se m'ocurre y que ya pasó la pleamar y entonces la susurro, al escucho

—Nena, Mariuca. Que ya pasó la pleamar.

Y sus puñucos, cerraos, de repente, de la roca, s'acaban por soltar.

III

EN EL NORTE LA LLUVIA EMPIEZA JUSTO DESPUÉS DE PARAR DE LLOVER

Yo esto no lo conté.

A nadie.

Nunca.

Nunca conté cómo fue, que fue exactamente así como sucedió, sí, pero no lo conté a nadie. En el norte hay cosas que no hay que contar. Y punto.

Porque cuando sus puñucos cerraos se vinieron a soltar y pude girar a Mariuca y sus ojucos s'abrieron y respiró tranquila como si despertaría en una mañana en su cama, solo un pocuco de tos pa escupir un poco de agua y un trozo alga, cuando Mariuca dejó d'estar muerta, yo la sostenía solo la cabezuca pero entonces la cogí qué sé yo con qué fuerzas ya pa levantarla de la poza, la cogí y la levanté y la besé en la frente y yo no soy una nécora pero bajé por las rocas con ella en brazos y sin tropezar, bajé gritando socorro y ayuda y ya no recuerdo qué más y corrí, corrí muchísimo, com'un cámbaro entre las rocas d'esta costa quebrada arriba y abajo hasta llegar al senderuco que sube pindio hasta onde las uñas de gato y las vacas de Suco y yo subí con Mariuca en brazos igual que subí con Chanín y gritaba «¡la encontré!, ¡la encontré a Mariuca!», desde arriba grité y llovía, mira que si llovía que ni lo recuerdo casi y aunque la casa quedaría lejos mi madre y Nanda La Chona y el Viejo ya estaban fuera cuando llegué al prao por escuchar los gritos más altos que'l mismísimo mar y vinieron corriendo y cuando la cogió mi madre en brazos yo la miré antes de caer desplomao. Y Mariuca estaba mirándome a mí, con sus ojucos oscuros mirándome y con una sonrisa, lo juro, una sonrisa en su caruca empapada y Mariuca respiraba. Y tanto que sí.

Yo luego no conté na de esto porque luego estuve dos días en cama con fiebres y una pulmonía que casi me mata. Y las fiebres apenas me dejaron hablar, ni tampoco preguntar, pero mi madre venía pa traerme compresas empapadas y me decía «Mariuca está viva» y luego lloraba pero d'otra manera, no como la lluvia. Y yo no contaba na a nadie pero ella tampoco me preguntaba cómo fue que sucedió, ónde fue que la encontré. Ni a Mariuca creo la llevaron al hospital porque, aparte de empapada, no tenía na más, y a mí porque qué sé yo, en casa siempre las fiebres se pasaron. Al segundo día recuerdo oír una lluvia fuerte fuertísima como de galerna contra la ventana y Mariuca entrando al cuarto pa traerme una sopa porque todavía no andaba comiendo más que eso, sopas y purés y unos antibióticos grandes como pedos de lobo y entonces la dije algo así como:

«Pero nena, ¿a qué andabas?».

Algo así, recuerdo decirla, cuando me dejó la sopa en la mesilla, con un hiluco de voz algo como «¿a qué andabas ai entre las rocas?». Y la mi pobre me miró. Me miró y me sonrió y s'encogió de hombros y se dio la vuelta y se fue pa la puerta pero cuando llegó se giró, se giró y me miró com'una lumia y yo no recuerdo ya si aquello fue cosa de mis fiebres que si no lo juraría, pero va Mariuca y me dice, con una sonrisa cabrona, com'un bufido, como los de Ajo, com'una yegua arando va y me dice desde la puerta:

«A contarle de ti a los mejillones».

Pos tampoco lo conté esto que me dijo Mariuca más que ahora. Y cómo lo iba a contar si ni siquiera sé si fue verdá o un mal sueño. Y lo de antes, ya digo, tampoco lo dije a nadie, de cómo encontré a Mariuca, y mira que cada noche desde entonces lo recordé; la mi pobre, ahogada, ai bocabajo en la pozuca, con sus puñucos cerraos agarraos al saliente de la roca y la sangre y las uñas reventadas y comidas por las olas y las burbujas y que hasta que yo no la dije lo de la marea no se soltó, hasta que ella no oyó que había llegao la bajamar, esto lo juro, Mariuca no despertó. Y si tanto tardé en contarlo fue porque andé por mucho tiempo después dudando de si fue simple coincidencia o de si fue verdá o de si cagonsos, que pa ser franco, quién iba a creerlo.

–¿Y Mariuca?

–Voy ahora pa buscarla.

–¡Ay dios! Pero ¿a ónde la dejaste?

–Deja. Que la dejé arriba.

–¿Arriba ónde?

–Onde las uñas de gato, mama…

–Ay señor…

–Que no la pasó naaaada…

—Pero esta criatura…
—Voy ya.
—Pero pon el chubasquero, por dios.
—¿Pa qué?
—Porque llueve, joder…

A mi madre y al Viejo y a Nanda La Chona, incluso a los guardias y a los guardacostas simplemente les conté que la encontré afuera de onde alcanza el agua, onde no llega la pleamar, onde las rocas secas que no llega a arañar la marea bajo unas redes, dormiduca, la mi pobre, les dije dormiduca y no ahogada y no preguntaron mucho más. ¡Y pa qué iban a preguntar! Si la cría andaba viva. Pero yo andé pensando día tras noche de cómo ocurrió, de si podía ser que Mariuca habría pasao la pleamar agarrada a esas rocas que las olas habrían engullido, agarrada, como los percebes, como los mejillones, hasta que habría llegao la bajamar. Y por las noches me venían sueños raros rarísimos, en los que veía a Mariuca ai bocabajo en una pozuca y yo desde onde Suco quería gritar pero cada vez que abría la boca entonces me salían barbas de mejillón largas, cada vez más largas larguísimas y la mar que iba subiendo y yo quería gritar y las barbas de mejillón, y entonces cuando quería salir corriendo pa rescatar a Mariuca no podía y me miraba los pies, y con las barbas que me llegaban al suelo m'estaba agarrando sin quererlo como raíces de roble a la superficie de roca y más se me metían bajo tierra y más me hundían en el suelo y cuando más miedo tenía, cuando más sudores y más agonía, entonces se m'aparecía Mariuca alao mío y m'acercaba sus puñucos a la cara y los abría pa ver sendos surcos de carne viva de onde brotaban gorriones. Luego s'agachaba alao mío y en un cuchicheo me susurraba com'una poesía, un cuchicheo me susurraba contando algo así como secretos del mar y yo después de cada sueño me despertaba y lo recordaba todo, me repetía pa mí entonces aquella retahíla na más despertar, como si no lo habría soñao sino que me lo habrían por la noche recitau. Ni siquiera ahora, tantos años que pasaron, olvidé yo esas historias que Mariuca me venía en sueños a contar pero nunca las conté, nunca, por si acaso, por si mi madre, y mira que no tendría por qué sospechar ni que entender na pero qué sé yo, si la gente, si incluso mi madre sabría, entonces Mariuca ya no podría ir nunca más a la mar y entonces sé yo bien que entonces, la mi pobre, se moriría.

Porque pasó que solo unas semanas después de to aquello un día Mariuca s'empezó a poner maluca de golpe, s'empezó a enfermar y a poner blanca, blanquísima, más blanca que la espuma y no se levantaba de la cama, no había manera, y no decía na, la mi pobre, no decía ni palabra ni se la oía quejarse pero cada día se ponía peor y por las noches sudaba a mares, sudaba agua salada como cualquiera pero la suya, su sudor, olía a mar. Se puso malísima Mariuca y luego la salieron llagas detrás de las rodillas y en las axilas y en la parte interna de los codos que'l Viejo decía que eran algas, y lo cierto es que lo parecían. Mi madre decía que'ra cosa de cuando se perdió, que s'habría resfriao con algún catarro de mar, pero entonces la doctora vino y no encontró na, ni resfriao ni na y no sabía qué podía ser, por más pruebas que la hizo. Y Mariuca se ponía peor, que llegó un martes que ya ni siquiera abría los ojucos cuando entrabas al cuarto y luego al domingo apenas se la oía ya respirar. Y ya cuando Nanda La Chona asustada dijo de llevarla al hospital pa ingresarla se m'ocurrió, que desde que pasó to aquello tal vez Mariuca no había podido, no había salido, quizá podría ser que

«¿No volvió a la playa, Mariuca?».

Y Nanda: «pero, nene, ¿cómo va volver?».

Pos era eso, las dije:

«Pos es justamente eso».

Y mi madre:

«¿Lo qué?».

Y yo:

«Lo que la va a matar».

Aquella misma tarde la juré a mi madre pa que me dejaría, que yo la cuidaría allí en la playa y la pondría solo los pies en una pozuca y luego se los secaría bien.

Se lo juré y así lo hice.
—¡UEEE!
—Suco, qué.
—Qué nin, ¿vas por mejillones?
—A ver si hay alguno, sí.
—Pos aprovecha, sí.
—Sí…
—Que tien que estar bien gordos.
—Fue fuerte la marea, ¿no?
—¡Pos mírala!
—Ya…
—Si llevó hasta la poca arena que quedaba.

Y bastó aquel día con llegar aquí onde Suco y que Mariuca respiraría algo de mar que la mi pobre, que hasta entonces iba como dormiduca, abrió sus ojucos oscuros y me miró. Y aunque la bajé a cuchus hasta bajo porque el sendero mira que es pindio, y además con la lluvia, por muy poca que cairía siempre hace resbalar, na más llegar a las rocas quiso ya bajarse e intentar caminar. Y yo la dejé sentarse en una roca. Se sentó con cuidao y poco a poco se fue dejando caer, se fue tumbando. La primera vez yo la incorporé asustado pero ella un mugido, pa quejarse, com'un llanto, y la segunda vez que lo intentó también l'aguanté, y qué iba a hacer. Pero luego pensé que tal vez, no sé, m'acordé del día que la encontré, como si sería incapaz de olvidarlo, cuando la vi ai en la poza y lo de la bajamar y entonces qué sé yo, la tercera vez que Mariuca se intentó echar sobre la roca la dejé y primero apoyó su cabezuca contra unos tomates de mar como pa olerlos y después la dejó reposar, luego estiró las piernucas y por último, despacio, muy despacio, levantó los brazos por encima la cabeza con los puños cerraos y justo después de girarse, de ponerse bocabajo con la caruca bajo el agua, los apoyó sobre la roca y ai los dejó pegaos, como muñones, ai se quedó com'un mejillón pegao, se quedó porque ai la dejé, nunca confesaré, primero hasta la plea. Nunca. Nunca a nadie le podré confesar. Y luego hasta la bajamar.

Ahora yan pasao muchos años, y muchas veces pasó ya de bajar yo con Mariuca hasta las rocas y entonces ella se tumba entre los mejillones y los tomates de mar y se queda tapada por las olas, com'un crío que se taparía con las mantas cuando tendría miedo. Y yo pos m'espero a la bajamar. Y luego bajo y mírala, tumbaduca sobre la poza como siempre la mi pobre.

Y entonces la susurro, como la digo ahora:

—Mariuca, nena. Que ya pasó la pleamar.

Y ella se suelta.

Y nos volvemos.

Y así Mariuca es feliz.

Se vuelve empapada.

Pero feliz.

—¿Verdá, nena?

Y mientras nos volvemos, dejo que la lluvia la limpie la sal.

Eso sí, la primera vez fue terrible.

Ahora yan pasao muchos años pero tampoco lo contaría a nadie de por aquí, porque bastaría con que se imaginarían aquella vez primera pa que seguro mi madre me gritaría que cómo pude, que cómo fui capaz aquella primera vez de dejar ai a Mariuca agarrada a la roca con sus puñucos y quitarme pa las rocas secas y sentarme a esperar, que cómo pude esperar, cómo pude quedarme quieto viendo cómo las olas empezaban a ganar tierra y trepar rocas y poco a poco a tapar a Mariuca bajo la espuma, com'una manta d'esas que cubren a los muertos, que cómo hice pa no levantarme cuando la cría quedó bajo el agua y las olas quebradas y ya no más que se la intuía de cuando en vez en alguna ola que s'echaba demasiao p'atrás y se veía su cuerpuco mecido y llevao y rendido al ir y venir de la mar, bailándole las piernucas a la mi pobre y luego ya ni eso, cuando me tuve que levantar y subirme hasta mitad del sendero cagonsos, porque la marea era muy fuerte y no había dejao rocas onde sentarse y Mariuca quedó entonces metida bajo las olas y yo a pocos metros ai parao y jiñao de miedo. Eso la primera vez, que las otras incluso la miro desde entre las uñas de gato porque sé que na malo ocurrirá. Si mi madre sabría, gritaría a los mil cielos que cómo pude seguir ai como si na mientras la marea intentaba ahogar a Mariuca agarrada a la roca, me diría «malnacido», «desgraciao», por ser capaz de aquello y no importaría que Mariuca saldría viva, mucho más viva, de cada una de las pleamares en las que l'acompañé y la sigo acompañando, que son ya muchas, a tumbarse com'un mejillón sobre las rocas entre los tomates de mar y a llenarse con to lo que trae la marea que tanto la sacia, con tos los cuchicheos que a Mariuca, en cada marea, la viene a contar la mar.

No.

Ni a mi madre la importaría que Mariuca fuera así feliz con su vida de mejillón.

Ni al Viejo, tampoco.

Ni a Nanda La Chona siquiera, ai pensando siempre en el qué dirán, en el si sabrían en el pueblo.

Y qué les importaría si Mariuca está bien con esta vida, que no es ni más ni menos vida que la suya, ni mucho menos que la mía, escondiéndome como ella entre las rocas pa poder vivir. ¡Y qué les va a importar! Si a la gente de por aquí siquiera le importa ya la lluvia.

Y esto te lo digo a ti, Mariuca, hermana mía. Por si algún día te verían, al salir d'entre las rocas, por si te preguntarían, al llegar a casa, que de a ónde vienes con esa caladura, tú na más tienes que responder, com'un bufido, com'uno de Ajo, como na más tú lo sabes decir:

¡Cagondios nin! Pero ¿tú no ves la que está cayendo?

Agradecimientos

A mi abuela, por sus historias. A mi padre, por sus palabras. A Berta, por su talento. A Júlia, por todo. Y a la Tierruca, por, a pesar de todo, todo lo bello.